# 円生と志ん生

井上ひさし

集英社

# 目次

## 第一幕

第二幕

# 円生と志ん生

**とき**

昭和二十（一九四五）年夏から、二十二年春までの六百日間。

**ところ**

旧満洲国南端の大連《だいれん》市の市内あちこち、伊勢町の旅館「日本館」二階座敷、逢坂町《おうさかまち》遊廓の「福助」、町外れの廃屋、委託販売《いたくはんばい》喫茶「コロンバン」、カトリック系女子修道院の物干し場など。

**ひと**

五代目志ん生こと美濃部《みのべ》孝蔵《こうぞう》（五五）
六代目円生こと山崎松尾《やまざきまつお》（四五）

テレジア院長（ほか四役）
オルテンシア（ほか四役）
マルガリタ（ほか四役）
ベルナデッタ（ほか四役）

# 第一幕

開幕まぎわに、国民服のピアニストが現われて、おもむろに席につくと、やにわに太鼓を打ちはじめる。

## 一　松っちゃんと孝蔵さん

下手から、座布団を持って現われた国民服の松尾が、自分で置いた座布団の上に坐り、客席に頭を下げて、太鼓が止む。

**松尾**　B－29のばらまいて行く爆弾、焼夷弾の雨の中を、着物で逃げては落後のおそれがある、国民服を用いなさい、寄席で着物はよせというお上からのお達しで、いつの間にか、こんな格好で高座を勤めるようになりました。その寄席も、今年の春の大空襲であらかた灰になってしまって、たまに焼けずに残った寄席があっても、警報が鳴ったらさっそく近くの防空壕へ飛び込まなければならない。これにそむくと、やはりお上のお咎めがあります。

熱心なお客さまがありましてネ、防空壕の中までついてきて、なんかおもしろい噺をしてくれ、でなきゃ入場料を返せなんておっしゃる。しようがありませんから……あっちから清兵衛さん、こっちからも清兵衛さん、ゴツンとぶつかって大喧嘩、二人ともコブをこしらえましたが、喧嘩両清兵衛、コブコブですみました……五つのときに覚えた小咄でご勘弁いただきましたが、ありがとう、六代目円生師匠の話をこんな近間《ちかま》で聞けてあたしゃしあわせ者《もン》だ、もういつ死んでもいいやと、壕をお出になったところへ焼夷弾……もっと長い話をしてあげるんだったと、いまでも悔やんでおります。

毎日毎晩、空襲につぐ空襲、カラスの啼かぬ日はあっても空襲のない日はないてえくらいですから、御座敷なぞあるわけがない。御座敷で一席うかがって、その御祝儀で暮らしを立てていたようなものですから、この先いったいどうしたらよかろう、食べたり食べなかったりという暮らしが、食べなかったり食べなかったりになりそうだぞと、思案投げ首のところへ、「松っちゃん、明日、満洲へ行こうよ」、いきなり、孝蔵さんから声がかかった。
孝蔵さんとは、十歳年上の美濃部孝蔵さん、あの五代目志ん生師匠のことで、あの人はいつだって、いきなりなんです。

上手から、国民服の孝蔵が座布団を持って出て、その座布団をポンと放って坐る。太鼓を打つ間もない。

**孝蔵** あっちでは、白いゴハンがたらふく食べられて、お酒は呑み放題、ご婦人なんぞも生け簀の鯉で選り取り見取りの摑み取り、おまけに空襲てえものがないので夜はゆっくり寝ていられる。それに内地とちがって、廓《くるわ》ばなしだろうがお妾《めかけ》ばなしだろうが、なんだってやりたい噺をやっていいというんだから、ますますうれしいや。
なによりもお給金がすごいことになってますよォ。松竹がこしらえた関東軍の兵隊さん慰問の荷物でネ、アゴアシ付きで一ヵ月間百五十円。荷物の受け手は満鉄の子会社の満洲演芸株式会社というからお給金の取りっぱぐれはない。日本銀行発行の十円の絵葉書がなんと十五枚も、この手の上にのるんだよ。どうする、貧乏長屋決死隊の一員よ。

松尾、むやみにうなづいている。

**孝蔵**　身分は陸軍軍属、それも陸軍少佐並みの特別待遇だってよ。それに行く先々で御座敷のお仕事を取ってもいいというんだぜ。（立ち上がって）行こうよ。

**松尾**　（立ち上がって）新潟から船で朝鮮の清津《せいしん》に上陸、清津から鉄道で新京へ着きました。

**孝蔵**　（うっとり顔）白いゴハン、うまい酒、親切なご婦人がた……

**松尾**　（きびしい顔）ところが……行きはよいよい帰りは怖いとは、よくいったもので、巡業が終わっても帰れない。

**孝蔵**　日本海まで出張《でば》ってきたアメリカの潜水艦が日本の船と見ると片っ端からドカンドカンと沈めちまうから、いま帰っちゃあぶねえなんていうんだ。

**松尾**　それで、改めて荷物をこしらえ直してもらって、六、七、八月と満洲各地を回って歩きました。ソ連が攻め込んできたと聞いたのは奉天の宿屋です。

**孝蔵**　なあに、天下無敵の関東軍がいるから大丈夫だ、きっと押し返してくれる。

**松尾**　（うなづいて）みなさんそうおっしゃるし、あたしたちもそうおもいましたから、奉天から大連へ下って、八月十三、十四の両日は旧盆特別興行、ここ大連の、常盤座という立派な映画館で、あたしが『三人旅』、孝蔵さんが『居残り佐平次』をやりました。

**孝蔵**　十四日の晩はしこたま呑んで、ご婦人ともねんごろにいたしましてな、昼ごろパッチリ目を覚ましたら、日本が負けてました。

**松尾**　頼りにしていた関東軍、アジア最強の軍隊は、ソ連軍が攻め込んできたとたん、朝鮮の近くまで逃げちまっていたんだそうです。

**孝蔵**　あれ、作戦なんだってよ。うん、負ける作戦てやつな。

**松尾**　日本人の避難民のみなさんが、毎日、イナゴの大群よろしくワーッと大連に雪崩込んでまいりました。

**孝蔵**　その数にびっくりしていると、今度はロスケの大男どもがドカドカ入ってきやがった。

**松尾**　それでそのソ連軍てえものが、大連の内と外をピシッと固めて、街ごとぐるりと封鎖してしまいました。

**孝蔵**　関東軍のツケがあたしたちにも回ってきて、二人とも大連に居残りということになっちゃったわけですな。

座布団が左右に飛ぶ。

## 二　桃太郎気分でネ……

四人の女優が「三」の衣裳で歌う。
孝蔵と松尾も加わる。

大将も政治家も
いくさ　いくさと　いいたがる
まわりのやつらは　ボンクラだけど
わが帝国は　神の国
思い込んだらまっしぐら

一流国家になるために
ハガキで兵隊　呼びよせる
当の国民は　ため息

ハア　ハア　ハア

いくさのしたくを　ごらんよ
ステキな飛行機　そろったネ
つばさの日の丸　きれいだネ
あとはいくさをするだけ
テッポウかついで外国へ
桃太郎気分でネ

ホウ　ホウ

まんまとのせられて

やがて　みんな　たちあがる
たしかにやつらは　ナマイキだから
ポカンと一発　食らわせろ
アメ公なんぞ　こわくない
パールハーバーを　やっつけろ
シンガポールを　取っちまえ
……さいごに日本は焼け野原

ドカドン　ドカドン　ドカドン

満洲国も消えちゃった
取りのこされて見まわせば
ここそは地獄の世界
おさきまっくら袋小路
はだかの乳のみ子ひとり
乳房さがして泣いている

横丁には行き倒れが五人
そしてあっちにもこっちにも
できたてのシャレコウベ
みんな日本人
いつの間にか　そっと忍び寄る
ウアー　地獄の大連の毎日
なにもかも変わり果てて
ウアー　浦島の太郎の気分よネー

## 三　追い出し

昭和二十（一九四五）年八月下旬のある日。午前十時。
大連駅前繁華街の旅館「日本館」の、奥に廊下のある二階座敷。床の間にラジオ。それから小型のボストン鞄（孝蔵）と小さなトランク（松尾）。

夏掛けをかぶって寝ている浴衣の孝蔵のまわりを、思い詰めた表情で歩きまわっている同じく浴衣の松尾。

首から大きなガマロをぶら下げている。

そのうちに松尾は、孝蔵の耳元で咳払いをしたり、懐中用算盤をカチャカチャ鳴らしたり、体を揺さぶったりするが、それでも目を覚まさないので、さっきから聞こえていたラジオを孝蔵の耳元に持ってくると、ぐいと音量を上げる。ちょうど唄になったところ。

**アナウンサー**（女声）……でした。次に警告です。ソ連邦・極東赤軍・大連占領軍司令部命令により、日没以後の日本人の外出はかたく禁じられております。ご注意ください。（声を張って）ただいまから、スターリン大元帥閣下のご好意により、大連中央放送局が午前十時の時報をお知らせいたします。（時報、ピッピッピッピッピッポーン！）十時からの満洲ラジオ歌謡の時間は、たいへんにご好評をいただいている『小さな公園』をお送りいたします。歌は大連中央放送合唱団のみなさん、指揮とピアノ伴奏は作詞作曲をなさった石谷一彦《いしたにかずひこ》さんです。

『小さな公園』が流れる。とたんに、びっくりして起き上がった孝蔵、ラジオに合わせて歌い出すが、ハッと気づいて枕元の目覚し時計を見て、ラジオを切る。

**孝蔵**　……まだ十時じゃねえか。あ、松っちゃん、もうひと眠りしてから、下の湯ぶねにザブンの、湯上がりに冷えたビールをキューのと、こういきてえからさ、帳場へそういっといておくれよ。

夏掛けをかぶってしまう。松尾がラジオを入れる。孝蔵、飛び起きてラジオを切り、

**孝蔵**　ようし、湯ゥへ行くか……（しかし時計を見て）やっぱりまだ十時かよ。時計が止まってるのか、時間が止まってるのか……ま、どっちでもいいや。

また夏掛けをかぶってしまうので、松尾はまたスイッチを入れようとする。
その手を孝蔵がつかまえる。

**孝蔵**　松っちゃん、いじわるなしよ。

松尾、手を振り払って、睨みつけている。

**孝蔵**　はなし家というものは朝はなるたけ寝ててなるべく体を使わねえようにしなきゃいけない、ねッ。寝《ね》が足りないてえと商売道具の声にひびきますよ。

**松尾**　十円札がそっくりなくなっているんです。だれかが十円札をありったけ抜いてったんだ。

**孝蔵**　そのだれかって、あたしのことかい。

**松尾**　ほかにだれかいますか。

**孝蔵**　(いきなり) ゆうべの松っちゃん、すごかったよ。

**松尾**　(逆にびっくりして) ……え?

**孝蔵**　鼻から提灯ぶら下げてぐっすりお休みでね、起こしちゃ気の毒だから、そいでこっそり……あの提灯、見せてあげたかったなあ。こんなでかいやつで、それも息するたんびにどんどんでかくなって、しまいにゃ松っちゃんのアタマがすっぽりその中へ入っちまったから、ずいぶん息苦しかったろうとおもうんだ。湯ゥへ行ってくる。

**松尾**　満洲入りしたとき新京の宿で、銭勘定はぜんぶおまえさんに任せたよと、そういったのはだれですか。

**孝蔵**　あたしだよ。松っちゃんのお人柄を見込んだんですな。

**松尾**　だからこの三ヵ月、雪隠《せっちん》の中でも湯ゥの中でもいつでもどこでも首に吊してこいつを守ってきたんです。ところが味方からひっきりなしに裏切りが出る。(ガマ口を畳に叩きつけて) もうやっていられません。

孝蔵、ガマ口を拾って (素早く中を見てから) 松尾の首にかける。

**孝蔵**　銭勘定の役があたしだったら、どうなっていたかわかりますか。二人ともとうの昔にどこかで行き倒れ、コーリャン畑の肥やしになってましたよッ。こうやってちゃんと息がしていられるのはみんな、松っちゃんのおかげですよ。

松尾　(さすがに軟化)……やっぱりサイコロだったんですか。
孝蔵　ゆうべ下の大広間に町中の旦那衆が集まって、ロスケに取り囲まれてうまい商売ができねえなんて愚痴りながら、ヤケになってサイコロ振っていたんだよ。バクチはヤケになったやつのマケ、これはマヌケなカモだとおもったら、こっちがカモになっちゃった。勝負ごとはむずかしいね。
松尾　(気合いを入れなおす)あたしたちは日本へ帰れなくなってしまった。だからこれからはお金にすがって生きるしかないんです。
孝蔵　そのお金をドカンとふやしたい、あたしァそうおもって、うん、なにしたわけなんだ。
松尾　兄《あに》さんは、落語のことだけ考えててくださりゃいいんだ。
孝蔵　……そお?
松尾　とにかく、ついこの間まであたしたちの身元を引き受けてくれていた満鉄という大旦那がパッと消えちまったんで、よほどガマ口の口を堅くしめておかないと、遠からず野垂れ死です。そこんとこをアタマに入れといてくだされば、それでいい。(改まって)こういうことは二度とごめんですからね。
孝蔵　(うなづきながらも)そいでも、ここから逃げ出す手がなんかないかなあと、そうおもったからさ……。
松尾　よぶんなことを考えちゃいけません。
孝蔵　……そお？
松尾　ただ、あたしたちが人口八十五万の街にポイと放り出されたみなし子だってこと、これだけは肝に刻んでおいてくださいよ。

千代がきていて、テキパキとラジオを床の間に戻し、布団を畳み、二人の国民服を壁にかけたりしていたが、

千代　とっくに百万は超えたんですって。満洲のあちこちから日本人の難民さんが何千何万と潜りこんできているっていいます。ソ連兵に見つかったら最後、その場でズドン！　……お気の毒ねえ。
松尾　……で、お千代さん、そろそろ朝食にしたいのですが。
千代　九時で終わりました。
孝蔵・松尾　……？
千代　声はおかけしたんですよ。でも、お二人ともぐっすりお休みでした。

松尾　これまでは十時をすぎていても、スーッとお膳が出てきていましたよ。
千代　今日からは朝食は九時まで。おかみさんがそう決めごとをなさいました。お帳場にもそう書き出してあります。
孝蔵　あたしァね、朝めしを抜くと座り小便が出てしまうってえ病気持ちなんだ。それを承知かい。
千代　はい。

千代は水差しとコップの盆を持って去る。

孝蔵　とんちきおかみめ、はなし家の丸干しでもこさえようてえんだな。（階下に大声で）オーイ、あたしらはまずいぞ。
松尾　兄《あに》さん、こっちも決めごとをしましょうよ。
孝蔵　うん、「朝めしに無料ビールをつけなさい」。こいつをおかみに突きつけてやれ。
松尾　あたしたちのあいだの決めごとですよ。「なにがなんでも倹約」。
孝蔵　なにがなんでもか。いいねえ。さっそくその倹約会社のお祝いをやろうや。

お千代さんがきたらビールいいつけるよ。いいかい。

**松尾**　（にっこりして）ここにまさかの時のための貯えがあります。ビールの一、二本くらいで、びくともするもんじゃない。

松尾、縮みのシャツをまくって見せる。へそのあたりに百円札を丸めて十枚、絆創膏で止めてある。

**松尾**　百円の聖徳太子さまが十枚。へへへ、非常時用の貯金です。

**孝蔵**　（じーっと見て）……株式会社の会計掛りにでもなっていりゃよかったのにな。

**松尾**　（かすかによろめくが）この聖徳太子を心の支えに、御座敷の仕事にはげんで、生きのびる工面をつけましょうよ。

**孝蔵**　（まだ見ていて）こんだァ花札だな。

**松尾**　（腹を押さえて）これは病気になったときのお薬代、ロスケの兵隊に捕まったときの身代金……。

**孝蔵**　日本へ帰る手があるんだよ。そうだよ、さっきからそれがいいたかったんだ。

**松尾**　もしかしたら……密航船？

**孝蔵**　そう、あたしァそれに乗りたい。

**松尾**　ありャァいけませんや。

**孝蔵**　町はずれのロシア波止場から日本行きが出ているんだ。ゆうべも旦那衆がそういってた。あのへんの漁師が、「魚とってきまーす！」とこううまくロスケの目をごまかして、そのまんま朝鮮半島沿いに九州へ行ってくれるんだってさ。なっ、すげえだろう。

**松尾**　べらぼうな運賃なんですよ、あれは。こちらは二人旅《ににんたび》、聖徳太子が赤穂義士の数ほどいても追いつきません。

**孝蔵**　サイコロと花札は、こういうときのためにあるんだぜ。

**松尾**　（腹を押さえて）富くじならともかく、バクチだけはいけません。

**千代**　三千円が相場ですってね。

水差しとコップのお盆を持った千代がくる。

千代　手荷物は一個につき五百円。
孝蔵　立ち聞きはよくねえな。
千代　お声が通るんですもん。二階中に聞こえてますよ。
孝蔵　……そお？
千代　障子紙なんかピリピリってふるえてますよ。
孝蔵　それは、ま、はなし家の声は鍛えてあるから、ロシア波止場で「オーイ、いまいくぞォ」って叫べば、三日後には日本の端《はし》っこに「タダイマー」って届くくらいのもんさ。おビール二本ね。
千代　はーい。

千代が去る。

孝蔵　決めたよ、松っちゃん。あたしァ思い切ってその聖徳太子を千人にも万人《まんにん》にもふやしちゃう。そいで、一等いい舟を丸ごと借り切って、屋根なんかも誂《あつら》えて、お酒といっしょに芸者衆や太鼓持ちを積み込んで、テートロシャンシャンでナダメコホーイホーイ……

松尾　どうして芸者衆や太鼓持ちなんですか。
孝蔵　だから軍略なんですっ。一つ、九州までは三日三晩かかるっていうから退屈しのぎ、いい気散じになりますな。二つ、沖合いに出たところで、三味線と太鼓でロスケどもに囃してやりてえんだ。「やーい、いきなり攻め込んできやがって、スターリンのヒキョーモン」、「おまえの髭は毛虫髭」「その髭に柄をすげて歯ブラシにしてやるぞ」……

孝蔵、囃しながら、なんとか松尾のへそくりを取ろうとするが、うまく防がれて、

孝蔵　半分およこし。半分はあたしの稼ぎなんだからね。人気からいえば七三で分けてもいいくらいなもん。あたしが七で、おまえさんが三……、
松尾　サイコロに花札に賭《か》け将棋、もうまとめていっぺんにおやんなさい！

札束を孝蔵に叩きつけて、

松尾　（つくづく）来るんじゃなかった。
孝蔵　……どうしたんだい。
松尾　あたしを満洲に誘ったのは、どういうコンタンからですか。
孝蔵　急病の古今亭今輔《いますけ》師匠の代わりですよ。前にもそういったでしょ。
松尾　代わりはいくらでもいたはずです。このあたしだけが、こんなところでぼやぼやしてなきゃならないわけはなんですか。
孝蔵　おまえさんにはなんかある。あたしにゃそう見えた。
松尾　……なんかある？
孝蔵　（うなづいて）真打ちになったのは、松っちゃんの方が一年早かった。あたしより十個も年下なのに、これはバカな出世だ。
松尾　七つンときから落語をやってましたから……それだけのことです。
孝蔵　ところが、それからがいけねえや。あたしも長いこと、のそのそしてたが、やっとこのごろになって、ありがてえことに、きやきやと人気みてえなものが出てきた。けれども、松っちゃんはあいかわらず、のそのそのその、のそ……四角四面で行儀正しいだけで、ちっともおもしろくならねえんだな。ちがってた？
松尾　（うなづいて）はなし家に向いていないんだ……そう思い詰めてダンスホー

ルをやったことがあります。
**孝蔵**　気がつくと借金の山だ。
**松尾**　（小さくうなづいて）そのつぎは麻雀荘……。
**孝蔵**　夜逃げしたってえ噂だ。
**松尾**　ただ、遠回りしたおかげで、あたしにゃ落語しかできないとわかったんです。それからはまっしぐらに……（気づいて）孝蔵さん、あたしにある、そのなんかって、いったいなんなんです。
**孝蔵**　松っちゃんは、毎朝毎晩、歯をごしごし磨いてるじゃないか、えっ。それが、つまり、そのなんかなんだな。うん、そういうこと。
**松尾**　……すると、なんですか、歯を磨いていれば、いいはなし家になれるっていうんですか。聞いたことがありませんね。
**孝蔵**　あたしが近ごろ発見した秘密、まだだれも気がついちゃいないんだ。いいかい、はなし家の商売道具は口と歯だろ。その歯が入歯になっちゃおしまいだ。声が入歯とぶつかると、そこんとこで噺にとどこおりがおこるからね。つまり、自前の歯なしでは噺ができない。
**松尾**　……なるほど。

孝蔵　だから、松っちゃんが熱心に歯を磨いているのを知って、ハハァこの人はそれがわかっているから歯を大事にしてるんだ、死ぬまではなし家をやろうって覚悟を決めてるなと、そう見たね。

松尾　……それはどうも。

孝蔵　この人を満洲に連れてって、丸ひと月、寝起きをともにするあいだに、口幅ったいようだが、教えられることがあったらなんでも教えてあげちゃおう。そうもおもった。

松尾　（考えて）バクチの後始末のほかに、なに教わったんだっけ。

孝蔵　たくさん教えてあげてるんですよ。それを拾うかどうかは、松っちゃんの了見《りょうけん》次第だけどね。

ウーンと松尾が考え込んだところへ千代が手ぶらでくる。

千代　こちらへおかみさんがまいります。

孝蔵　あれ、ビールは？

千代　さしあげられません。

**孝蔵**　（びっくりする）……ここはお客の注文をきくところだろ。
**千代**　だいたいは、そういうところです。
**孝蔵**　それならビールをちょうだいよ。このままビールを待ってて年を取ったらどうするんだよ。
**千代**　ビールはまいりませんが、代わりに、おかみさんがまいります。
**孝蔵**　おかみを呑んで腹でも下《くだ》してろっていうのか。あたしが呑みたいのはビールだよ。

おかみがきて千代に目配せ。千代は心得て去る。

**おかみ**　なにかご不便はございませんか。
**孝蔵**　朝めしなしにビールなし、ずっとご不便つづきですっ。表の「日本館」って看板ね、あれを「不便旅館」とでも書き替えちゃどうです。
**おかみ**　ご助言、ありがとうぞんじます。
**孝蔵**　文句いってんのっ。
**おかみ**　おそれいります。それで、ただいまからこちらは相座敷になります。相客さまが、「お酒の匂いのする座敷はいや」とおっしゃっておいでなので、ビールはまいりません。

**孝蔵**　ちょっと待った。相座敷の相客のと、いったいどういうことなんだ。

**おかみ**　ですからね、師匠、こちらへもうひと組、お客さまがおみえになるんですよ。

**孝蔵**　そう簡単におみえになっちゃ困るよ。ここで二十日間も寝起きしているあたしらになんの相談もないなんて、天が許しませんよ。

**おかみ**　ですから、いま、こうやってご相談させていただいているんですよ。

**孝蔵**　決めておいてからご相談ですか。へえ、饅頭をくってから、どうだい一つ饅頭でもくおうじゃねえかなんて、ふつう相談しますか。

**おかみ**　（物凄い一喝）いまはふつうじゃございません。

**孝蔵**　（松尾を前に立てて）受付け、代わってくれ。

**おかみ**　（松尾に）お米も野菜も市内に入ってまいりません。お米などはこの三日間で三倍ですよ。どこのお米屋さんもほくほくのえびす顔、なかには売り惜しみをなさるお店もあって、そこでいっそう値が上がる。引きかえ、日本人の方がたがどっと市内に入り込んでおいでで、そういった難民のみなさんの数は、もう四万を超えたそうですよ。

**松尾**　それで相座敷ですか。

**おかみ**　ええ。旅館はどこもお客様でいっぱいで、うちなぞも布団部屋にまでお客様をお入れしているような有様で……。

**松尾**　わかりました。相客さんとは仲よくやりましょう。

**おかみ**　よかった。こちらの師匠とお話しするのは、ほんとうに楽ですわ。

孝蔵がムッとなったとき、ピカピカのハンドバッグを下げた二人の女、君香と梅香が入ってくる。

**おかみ**　ささ、どうぞ。床の間を背になさってくださいまし。（孝蔵と松尾を示して）あちらのお二人は、東京のはなし家さん。けっこう退屈しのぎになりますよ。

床の間のボストンとトランクを、二人の女の非常識な艶やかさにボーッとしている孝蔵と松尾の前に運んで、

**おかみ**　（落とした声で）君香《きみか》さんに梅香《うめか》さん。お二人とも関東軍の偉ーいお方の……大連限定奥様。失礼のないようにお願いしますよ。

**千代**　おかみさん、このへんが境目《さかいめ》ですよね。

大小四個のトランクを運んできた千代が、座敷を二つに仕切るところにそれらを置く。

**おかみ**　ちがう、ちがう。真ん中はここでしょうよ。

境目を君香・梅香側に有利なところへちょっと移す。梅香、おかみと千代にチップ（ご祝儀袋）を渡す。

**おかみ**　（押しいただき、声を低めて）さきほどのお話の密航船……、漁師村の、腕と身元のたしかな中国人をお探ししましょう。わたしたちもいずれないにしようとおもっておりましたので、おおよその当たりはつけてあります。そう、十日もいただけば……。
梅香　（君香に）十日ですってよ、姐《ねえ》さん。
君香　待ちましょ。
梅香　ええ。……でも、（初めて孝蔵・松尾を見て）なんだか膏《あぶら》くさくない？
君香　（やはり初めて二人を見て）うん、貧乏くさいわね。

見られてハッとなった二人、名乗ろうとして進み出たとき、ピアノがアタック。君香、梅香、おかみ、千代の四人が、『さらば大連』を歌う。後半で孝蔵と松尾も加わる。

さらば大連
アカシアの並木よ
花もうるわしき
大連さらば

カネはある

モノもある
からだは丈夫
船がある
伝手《つて》もある
めざすはふるさと　大日本帝国

夢に見る　真白き富士山よ
鎮守の森よ
祭りの笛よ　大日本帝国

（孝蔵・松尾が加わる）さらば大連
水清き港よ
カモメ高く飛ぶ
大連さらば

カネもない

モノもない
からだだけ丈夫
船がある
伝手もある
めざすはふるさと　大日本帝国

夢に見る　糸引く納豆よ
アジのひらきよ
テンプラそばよ　大日本帝国

白けていた四人、二人からできるだけ遠いところで歌い納めるが、二人はめげずに加わる。

さらば大連
この街のすべてを
深く胸にひめ

大連さらば
かたく胸にだき
大連さらば

孝蔵と松尾、上機嫌で自分たちの「領分」へ戻って、きちんと坐る。

**孝蔵**　相座敷というのもなにかの御縁、仲よくしましょうね。美濃部孝蔵です。

**松尾**　力仕事はお任せくださいよ。山崎松尾です。

**孝蔵**　ここでの十日間、それにつづく船の旅と、長ーい道中になります。力を合わせて、たのしくやりましょう、ねっ。

**松尾**　トランクなんかはあたしどもがお運びしましょう。遠慮はいりません。

君香と梅香、トランクを警戒する。

**孝蔵**　名前にしても、孝ちゃん、とこう気やすく呼んでやってください。

**松尾**　松っちゃん、これやってと、気がるに用事を言いつけてください。

**孝蔵・松尾**　よろしく。
**梅香**　（仕方なく）梅香です。
**おかみ**　（改めて惚れ惚れと見て）大連花街の花と囃されていなさったのが、まるで昨日のよう……。
**君香**　君香です。
**おかみ**　大連花街の宝とうたわれておいでだったのも、つい昨日のよう……。女が見ても、いいなあとおもうんですから、ほんとうの美人でいらっしゃるんですね。
**梅香**　（祝儀を渡しながら）姐さんの分もあわせて。
**おかみ**　これは恐れ入ります。
**孝蔵**　（なんだか唸っていたが）お二人とも芸の道に精進なさってたんだ。すごいねっ。
**松尾**　あたしたちもその芸の道でお二人とつながっているってわけで、あたしたちは芸道四人衆ってことになりますな。
**孝蔵**　四天王！　こっちの方がかっこいい。
**松尾**　とにかく奇遇です。

孝蔵　芸名を五代目古今亭志ん生といいます。
松尾　六代目三遊亭円生です。
君香　……？
梅香
千代　年に一回くらいラジオにお出になりますよ。あたし、聞いたことがありますもん。

松尾、ガマロから十銭玉を出して、千代に渡す。

千代　……どうも。
孝蔵　志ん生と円生の名前、ご存じない？
梅香　（君香に）聞いたことあって？
君香　（首を横に振って）柳家金語楼なら聞いたことがあってよ。
孝蔵　（松尾に）……受付け、交代。
松尾　エー船の中では、船端《ふなばた》に坐りましてね、あなた方お二人の波よけになろうとおもっております。

孝蔵　（再び乗り出して）もしもロスケに追われるようなことがあれば、水をぶっかけて追い返してあげます。水はたくさんありますからな、弾切《たまぎ》れすることはないっ。ええ、やるといったら、やりますよ。

君香　（顔を見合わせる）……。

梅香　それで……その代わりといってはなんですが、もちろん日本できちんとお返しいたしますが、（さすがに持ち出しかねて）この、なにの方をですね、そのなに……、

松尾　（助《す》けて）……そのなにがなにしろ、なになんでございましてね、なにをなにしてくださったら、そこんところはもう、なにがなにですから、それはもうなにのほかはなにでしてね、もうほんとうになになんですから、だれだってなにしますよ、ええ。

孝蔵　（ゾッとしながら、梅香に）宝石箱をなにしてもらいましょうか。いま、なにかいやな予感がしたのよ。

君香　（うなづいて）あたしもなにしてたところだったの。

梅香　（おかみに）これをなにしといてくださいね。

ハンドバッグから大きな宝石箱を出して、おかみに渡す。梅香も小さな宝石箱を出して渡す。

**おかみ**　はい、なにをなにいたしましょうね。（意識して「なに感染」しないように慎重に発音して）預かり証を、お書き、いたします。

**君香**　いいえ、一個のこらず覚えていますよ。なくなっていたらすぐわかってよ。（空でいう）ダイヤモンド指輪十三、真珠首飾り八、ルビー胸飾り五。占めて時価四十万円。

おかみと千代、君香・梅香の申し立てと現物とを引き合わせ、確認している。

**梅香**　（同じく空で）ダイヤモンド指輪七、真珠首飾り四、サファイア胸飾り一。占めて時価二十万円。

**おかみ**　はい。たしかにお預かりいたしました。

大小の宝石箱をふところにしっかりと収めたおかみに、梅香から祝儀袋。

**梅香**　姐さんの分も合わせて、どうぞ。（千代に）はい、そちらにも。

おかみと千代、ありがたく押し戴いてから、「境目」を、君香・梅香側有利（ほぼ三分の二を占有）に動かしはじめるが、ぼーっと見ていた二人のはなし家の方は、

**孝蔵**　合わせて六十万だ。すごいね。

**松尾**　片道運賃を三千円として六十万なら……大連と日本をきっちり百回、往復できますよ。（境目の移動を見て）あ、お千代さん、ちょっと。（ガマ口から十銭玉を出して）広さ、ちがいすぎ。少し戻してくださいよ。

**千代**　（十銭玉を断って）日本へ帰るお金、あたしもためているところなんです。ごめんなさいね。

**松尾**　しかしですな……、

孝蔵　大連の港に月が映《うつ》るころ、旅館「日本館」にも夜がくるのであります。
松尾　……？

君香たちも孝蔵を見る。

孝蔵　その夜が深まって、お千代さんがこのへんに敷いてくださったお布団で休んでいたわたくし、悪い夢にうなされて、ごろんと寝返り打って、ロスケの軍隊みたいにそちらのお布団へ侵攻してしまったら、「中立条約違反は、いやーん」なんておっしゃらないでくださいましよ。悪気はないんですから、夢の中でやったことなんですからね。
君香　（顔を見合わせている）
梅香　……。
孝蔵　けれども、二度目で裏を返すと、三度目には馴染みということになりますな。いいんじゃないんですか、そうやって男を自分のものにして、自分のためにはたらかせるというのも。船の船頭がロスケに射たれて舵が取れなくなったら、男にやらせればいいんですからな。あたしだってそれくらいの覚悟はできてますよ。

松っちゃんは、寝相がいい方かい。
**松尾**　うんと悪い方です……
右の途中に、君香たちのおかみ・千代への指示。「もっと領分を広げて、わたしたちの布団は床の間近くに敷く。そうすれば空きができて、どんな寝返りでも平気」
梅香からおかみ・千代にご祝儀。二人は「境目」(四分の三占有)を移動させている。
**松尾**　……兄さん、色仕掛けはオジャンになったようですよ。
**孝蔵**　……受付け交代だ。
**松尾**　(君香たちへ正攻法で)お願いです。日本まで、あたしたちを雇ってください。退屈はさせません。四六時中、落語をやってさしあげます。
**君香**　(興味がない)お昼、なんにしようか。
**梅香**　(おかみに)できますものはなーに?
**おかみ**　おそばでしたら、なんでもできますよ。でも、こんなご時勢ですから、そりゃあ、びっくりするほどのお値段になりますが。
**君香**　一杯百円？
**おかみ**　まさかそこまでは。
**君香**　あたしはキツネ。
**梅香**　あたしもキツネ。
**君香**　おかみさんもお相伴なさいよ。
**おかみ**　じゃあ、テンプラを。
**千代**　あたしもテンプラを。
**孝蔵**　ナメクジ……、
**松尾**　……？
**四人**　ナメクジの芸をお見せしたい。とっておきの芸ですよっ。
**孝蔵**　お座敷の余興にやるんですが、ナメクジが角《つの》を立てて喧嘩をする。おもしろいですよ。あたしたちをお雇いになれば、好きなときにごらんになれます。
**松尾**　（かすかに興味を持つ）どんな芸なの。
**君香**　見てみたいような気もするけど……。
**梅香**

**松尾**　まず手拭で鉢巻をします。
**孝蔵**　そこへ割箸を立てて挿んで角のつもり。
**松尾**　そして舌を出してナメクジのつもり。
**孝蔵**　二匹がぶつかって喧嘩したつもり。

四人、白ける。

**松尾**　（あせって）ハエ取り紙の芸！　ハエがハエ取り紙にくっついて悶え、苦しむのを、あたしたちがそのハエになって演じます。

孝蔵がそのハエをやっている。
四人は眉をひそめて見ている。

**孝蔵**　（すこぶるあせって）では、とっておきの中のとっておき、瀕死のウジムシ。
**松尾**　ある日、あるところの便所で、便壺から一匹のウジムシが這い上がってまいりました。

孝蔵　ところが、途中でだれかが入ってきてオシッコをしてしまった。哀れなウジムシは滝に打たれて便壺へまっさかさま。
松尾　しかし、不屈のウジムシは敢然としてまた這い上がる。
孝蔵　ふたたび滝に打たれてずり落ちる。
松尾　これを高座の柱につかまって演じます。
孝蔵　死ぬところまでやるんですよ。まあ、三十分はかかる超大作ですな。これを見ずに死ぬやつはバカですよ。

君香は怒り、梅香は顔を歪め、おかみと千代は呆れている。

君香　ほかの座敷はないんですか。
梅香　でなければここをあたしたちだけの座敷にして。

梅香、ありったけの祝儀袋をおかみ・千代に渡す。二人は「境目」を壁のところまで移動させる。つまり孝蔵と松尾のいる場所がなくなってしまう。おかみはボストンやトランクや国民服を廊下に放り出す。それを呆然として見ている孝蔵と松尾。

**おかみ**　失礼がないようにと申し上げておいたのに。わたしがひとでなしのように見えるでしょうが、ああいうお方は大事にしませんとね、やっていけないんですよ。（千代に）物干し場と漬物小屋がまだ空いてましたね。

**千代**　はい。それから一階と二階のお手洗いの前の廊下がまだ空いてます。

おかみ、ご祝儀袋を一つ、二人に渡して、

**おかみ**　さっきの芸に、わたしからのご祝儀……さあ、どこでもお好きなところへお移りください。宿賃はいまの半分でけっこうですよ。

まだ、ボーッとしている孝蔵と松尾。

## 四　文化戦犯

「三」の四ヵ月後。昭和二十（一九四五）年十二月の吹雪の夜。

大連最大の遊廓街、逢坂町《おうさかまち》の娼妓置屋「福助」の茶の間。正面は腰にガラスの入った障子。障子を開けると、この家を玄関から裏口へと貫く廊下。廊下の向こうは壁。

なお、見えてはいないが、下手に台所から裏口。上手奥には玄関があり、下宿人の孝蔵と松尾は、その玄関を入ってすぐの、少し前まで帳場として使われていた小部屋にいる。

茶の間下手の壁、上方に時計（七時）、その下に茶箪笥。茶箪笥には大振りな方形の空缶《あきかん》。そしてこのあたりに日めくり（十二月二十一日）。

茶の間の中ほどに卓袱台《ちゃぶだい》と長火鉢。卓袱台の真上に、笠つき電灯とランプが並べて吊り下げられている。

吹雪がひとしきり吹いたあと、弱々しく電灯が点る。

台所から、ここ福助の女主人初代が山盛りの炭鍋《すみなべ》を持って出て、火鉢にくべているが、電灯は二、三度、点滅を繰り返したあと停電。そのとき玄関の鈴が鳴る。

**紫（声）**　ただいま。

**青柳（声）**　ただいま。

**初代**　おかえり、ご苦労さま。いまランプをつけますよ。

初代、マッチを擦ってランプを灯し、障子を開けてやる。二人は廊下の壁に外套を掛けているところ。

初代　あいにくな天気で、たいへんでしたね。いま、火鉢に豪勢に炭を奢《おご》ったところ。さあ、おあたり。

二人、空缶にお金を入れて、それから火にあたりながら、

紫　おかあさん、ロスケの旦那たち、なんだかこの逢坂町を狙っているみたいだよ。（青柳に）ね、いま見たよね。

青柳　（うなづいて）ジープが、そう、十台はいたわね。それで、ソ連の兵隊さんが五十人ぐらい、てんでにデグチャレフを持って、逢坂町の入口を固めてた。

初代　（茶を入れる手を止めて）デグチャ……？

青柳　こう腰だめにして射てる軽い機関銃のことよ。

紫　（感心して）よく知ってるねえ。

青柳　持ってる武器をむやみに見せびらかしたがる兵隊さんがいて、その彼から聞いたの。見せびらかしているうちに三十分間たってお時間、けっきょく御自分の

武器を使わずに出て行っちゃったけど。
紫　そういうお客さんばっかりだと、楽なんだけどね。
青柳　（うなづいてから）彼の話では、ソ連軍の乗ってるジープはみんな、アメリカからの払い下げなんだって。自動車だけはアメリカにかなわないっていってた。
紫　青柳さんて、ロシア語ができたんだっけ。
青柳　手真似よ。だから時間がかかっちゃったわけね。
紫　いいこと教わった。こんど手真似で、あんたの持ってるのはどういう武器かって聞いてやろっと。
初代　（茶を渡しながら）紫さんにしろ、青柳さんにしろ、うちのお抱え衆は、この逢坂町遊廓の筆頭職《ひっとうしょく》なんです。それがお昼から夕方まで十人のお客……！　市役所に化けて出てやろうかしら。世の善良なる婦女子の貞操と純潔を守るための防波堤となるようにですって。ばかにしてますよ、ほんとに。
紫　大丈夫よ、おかあさん。わたしたち、呪文、唱えてるんだから。（青柳に）ね？

二人、口を揃えて、

紫　お打《ぶ》ちお叩《たた》きどうでもおしよ。
青柳　これ唱えていると、ふしぎに疲れない。
紫　モノに成り切っちゃうからなのね。
青柳　……ご苦労さま、（気づいて）初雪さん、遅いわねえ。
初代　しつこいやつに捉まっているの。
青柳　……しつこいやつ？
初代　初雪さんにぞっこんの分隊長。
青柳　おかあさんも知ってのように、兵隊さんたちは、それぞれの隊から札《ふだ》をもらって遊びにくるんですね。それでその札をこんどはわたしたちが市役所へ持って行って金に替えるわけだけど、そいつは、部下がもらった札を全部取り上げて、初雪さんを一人占めにしているんですよ。
紫　そういう男が勘ちがいして、まちがいをしでかすんですよ。そのデグチャなんとかで無理心中を迫る……
初代　初雪さんは、かしこい方《ほう》だから、そんなことにはならないよ。
青柳

紫　請け合いますよ、おかあさん。
初代　ありがと。
　　　玄関の鈴。初代が立って障子を開けながら、
初代　初雪さん？　……まあまあまあ、吹雪でたいへんでしたねえ。（紫と青柳に）
　師匠のお帰りよ。
　　　孝蔵と松尾、話に熱中しながら、外套（兵隊用でボロボロ）や兵隊帽を壁の釘にかける。二人とも肩かけの雑嚢。
孝蔵　だから、松っちゃんの上下《かみしも》の移り替えは大きすぎるんだよ。
松尾　でも、いま話をしているのはだれか、それをお客さんにはっきりとわかってもらうのがなによりも大事でしょう。そのためには移り替えは大きくてもいい。
孝蔵　わかんない人だねえ、まったく。（二人に）ただいま。
紫　火鉢のそばへきて。

孝蔵　火鉢よりも紫さんのそばがいいや。
青柳　お茶を入れてあげる。
孝蔵　青柳さんも気がきくから好き。
初代　夕ご飯は大連名物のフグの雑炊ですよ。
孝蔵　フグはからだがあったまりますよっ。(松尾に) いまのやりとり、一人でやってごらんよ。
松尾　……？
孝蔵　あたしの流儀じゃこうなる。

ほんの鼻の先だけですばやく上下《かみしも》を移り替えながらテンポよく、

孝蔵　「ただいま」「火鉢のそばへきて」「火鉢よりも紫さんのそばがいいや」「お茶を入れてあげる」「青柳さんも気がきくから好き」「夕ご飯は大連名物のフグの雑炊ですよ」「フグはからだがあったまりますよっ」

初代たち、感心している。

孝蔵　凍《こご》えて帰ってくると、気持ちよくあったまった茶の間で、やさしいご婦人方がつぎつぎにあたたかいコトバをかけてくださる。そのコトバを矢つぎばやにお客さんとこへ送り届けて、お客さんにあったまってもらうわけだな。はい、松っちゃんの番です。

きっちり上下を移り替えながら、はっきりと誠実に、

松尾　「ただいま」。「火鉢のそばへきて」。「火鉢よりも紫さんのそばがいいね」。「お茶もあるわよ」。「青柳さんも気がきくから好き」……

孝蔵　ねっ、移り替えが大きいとその分、間《ま》が空《あ》くだろ。そのすきまから寒い風がピューッと吹き込んでくるんだ。

松尾　（納得できず）うーん……（お茶を一口）うまい。

孝蔵　お茶にヨイショしてどうするんだ。パパーッと語ってストンと落とすから落し噺なんだよ。松っちゃん流だと、パパーッと行かねえし、ストンと落ちもしない……（お茶を呑んで）うまいっ。

青柳　……あの、師匠たちは、毎晩のように、わたしたちに落語をしてくださっているわね。

孝蔵　（うなづいて）下宿料の代わりみたいなもんね。今夜もやらせていただくよ。

青柳　円生師匠がしてくださる落語はいつも長い。それで、科白と科白のあいだが（両手をひろげて）こーんなに空《あ》く。わたし、あのすきまが好き。科白と科白のあいだに吸い込まれそうになるよ。

孝蔵　人情噺となると、話はまた別でね、あたしァいまのところ落語は落し噺のことだとおもっているから、大きくてのろくさい上下《かみしも》の移り替えが気に入らないんだよ。

紫　そうか。（孝蔵に）短距離選手と、（松尾に）マラソン選手のちがいなんだ。あ、わからなきゃわからないでいいの。女学校で陸上競技をやってたせいか、わからないことがあると陸上競技に置きかえて考える癖があるの。

松尾　（吹き出して）短距離もなにも兄《あに》さんにはむり、からだ丸ごと口と舌で、足はない。

孝蔵　そこへ行くと、松っちゃんはりっぱなマラソン選手だ。満洲奥地の日本人村の落語会に、鉄砲持って乗り込んできたおやじさんがいて、松っちゃんに狙いをつけた。はなし家をカモシカとまちがえたらしいんだな。あのときの松っちゃんはカモシカみてえによく走ってた。あれならマラソンに出られるよ。

**松尾**　お得意の小咄です。担がれたんですよ。

**紫**　……ほんと？

紫と青柳、抱き合って笑う。

**孝蔵**　松っちゃん、今夜はちょっといいすぎた。ごめん。

**松尾**　いいや、今夜も勉強になりました。……あ、そうだ。

台所と卓袱台を往復して食事の支度をしていた初代に、例の大きなガマロから出したお札を差し出す。

**松尾**　十五円あります。明日から大晦日まで、十日間のあたしたちの下宿料です。

**初代**　いつもおもしろいお話を聞かせていただいているんですもの……なにかの足しになさいな。

青柳　むりしなくていいんですよ。
紫　わたしたち、働きがいいんですよ。
松尾　あたしたちの働きもなかなかのもので、今朝仕入れた煙草六百本、一日で売り切ったんです。仕入先の中国人の親方に、連鎖街へ行ってみろといわれて、あんな競争のはげしいところで売れるもんかとおもったんですが、やはり商いは場所ですね。よく売れました。
孝蔵　あたしは、大連日本人会の難民救済富くじを二十九枚。

上着の胸ポケットから富くじを一枚取り出して見せて、

孝蔵　売れ残りはたったの一枚。すごいねっ。
初代　あれ、飴を売ってらっしゃったはずですよ。
孝蔵　飴は昨日まで。自分で舐めちまうから商売にならないし、あんまり舐めると歯を悪くするからね、連鎖街の入口に立って、次はどんなものを売ればいいか考えてた。すると、目の前を、肥桶《こえおけ》を背負《しょ》った日本人がよろよろよろけながら行列して通って行く。しかも、あとからあとからきりもなくやってくるんだ。

初代　（うなづいて）この八月十五日まで中国人の苦力《クーリー》さんたちがやっていた仕事、これがこのごろはみんな日本人難民のみなさんのお仕事になってしまいましたからね。
紫　道路掃除……。
青柳　下水掃除。
初代　そして、肥運び。
孝蔵　そこへ行くとあたしたちは恵まれている。ご親切なご婦人たちがおいでなんだからね。そうおもって目をそらしたら、そこに貼紙がしてあった。曰く「求む、富くじ売り。利益はすべて日本人難民のための炊き出しに使われます。希望者は連鎖街内大連日本人会まで」。それで近くで煙草の立ち売りをしていた松っちゃんと相談して、まっ、富くじ売りが一人できあがったってわけなんですな。
初代　（うなづいて）たしかに、富くじ売りははなし家さん向きかもしれませんね。
孝蔵　二十枚まとめてごそっと買ってくれた人がいたから、今日は楽しちゃったね。
初代　……二十枚も？
孝蔵　立ち売り始めてすぐに、連鎖街の中にある映画館の、常盤座の社長が通りかかったから、飛んで灯《ひ》に入る夏の虫ってやつよ。

松尾　前にも話しましたが、八月十三、十四の二日間、あたしたちに「落語二人会」をやらせてくれたのがその社長で……、

孝蔵は上下《かみしも》の移り替えで、

孝蔵　「師匠、こんなところでなにをしてるんですか」「見てわかんないの。何枚か買っとくれよ」「ああ、いいですよ。でも、いまどこにお住まいなんです？」「なにいってんの。日本館を追い出され、へそくりも使い果して途方に暮れて、とうとう社長ンとこへ転がり込んで、松っちゃんと二人べそかいてたとき、逢坂町の福助さんを紹介してくれたのは社長でしょうが」「あ、そうか。それで、福助のおかあさんはお元気？」「ええ、あの弁天さまみたいなお人はお元気ですよ」「よろしくいっといてくださいよ」（初代に）常盤座の社長がよろしくいってました。

初代　ありがとうございます。

孝蔵　それであたしァ二十枚、押しつけちゃったんだが（考え深く）明日はひとつ、常盤座の前に立っててみよう。

松尾　そういうわけですから、どうかお納めください。

初代　はい、たしかに頂戴いたしました。

受け取ったお札を、初代が空缶に入れたとき、玄関の鈴。

初雪（声）　ただいま。

初代　おかえり。

紫と青柳が障子を開けて迎える。

紫　あのしつこいの、やっぱりしつこかった？

青柳　災難だったね。

初雪　うん。でもこっちもしつこく粘って……どうしたと思う？

初雪、稼ぎを空缶に入れて、それから、ウオッカを掲げる。

初雪　あいつのウオッカ、取り上げちゃった。

孝蔵　（唸って）それ！　うんと冷やすと、トロンと水飴みたいに粘ってくる。そうなると、うまいよっ。

初代　裏口へ出しときましょう。

初代は台所へ。左の件《くだ》りの間に土鍋を持って戻って、火鉢にかける。

初雪　これも分捕ってきた。

初雪、イクラの缶詰を出す。

松尾　イクラの缶詰！

孝蔵　ウオッカの肴にすると、うまいよっ。

松尾　手妻《てづま》使いのようなお人ですな。

孝蔵　まだなんか出る？

初雪　もちろん。（チラシを出して）はい。

孝蔵　紙はたべらんないや。

**松尾**　細かい字のガリ版ですね。

そのとき、初代が土鍋の蓋を取る。

**孝蔵**　フグの雑炊！　うまいよっ。

一同、顔を寄せ合って土鍋の匂いをかぐ。

**初代**　どうしたの、そのチラシは。

**初雪**　しつこいのと別れてから、市役所へ行った、札をお金に替えてもらうためにね。そしたら係りの人が、「あんた、たしか逢坂町から来ているんだっけね」「はい。福助のお抱えですよ」。この人、八月十五日までは総務部長だったんだけど、市役所にも中国の人たちが入るようになって、それからは、ただの係りに格下げになったんだって。

**初代**　それで、それから？

**初雪**　（自然に移り替えになる）「あのへんはたしか道が迷路のようになってたね」

「遊廓ですからね、細い道があちこちしてますわ」「だからみんな逢坂町に逃げ込むんだね。隠れるのにもってこいだ」「だれが逃げ込むんですの」「このチラシを読めばわかる。もって行きなさい」「はい」……、

一同、初雪の移り替えにびっくり。

初雪　「ご近所のみなさんにも見せてあげるんだよ」もらって読んでみた。そしたら、最初の行にどかんと、『文化戦犯一覧表』とあって、次の行に、師匠お二人のお名前が書いてあった！　ほらね。

松尾　（受け取って読む）「五代目古今亭志ん生こと美濃部孝蔵、六代目三遊亭円生こと山崎松尾。ともに陸軍軍属、陸軍少佐待遇」

孝蔵　あたしたちが戦犯だって？

初雪　そう、文化戦犯なんですよ。

初雪

紫　おめでとうございます。

青柳

孝蔵と松尾、一瞬見つめ合い、すぐガバと抱き合い、バンザイを連呼する。

**初雪** よかったわねえ。

**紫** 戦犯になりたい、戦犯になりたいって、いつもそういってたものねえ。

**青柳** 願えば叶うんですねえ。

**松尾** （うなづいて）短波放送を聞いている人の話によると、東条大将はじめお歴々がぞくぞく捕まって、巣鴨刑務所に送り込まれているそうです。あたしたちもその巣鴨へ行くんですよ。

**孝蔵** 捕まって堂々と日本送りになるんだ。

**松尾** 明日にでも自首しましょう。

**孝蔵** ああ、密航船なんかくそ食らえ、あたしたちは官費で日本へ帰るんだ。

**紫** それでどんな罪に問われるの。

**孝蔵** それはもう禁演落語をやった罪に決まってるよ。

**青柳** 禁演落語って、いつも話してくださっている落語のこと？

**孝蔵** （大きくうなづいて）そう、あたしが演《や》るのはだいたいが禁演落語だね。

松尾　これはやってはいけませんと、お上が決めた落語が五十三、ある。兄さんなんかは、日本にいるときに、その五十三を全部やっちゃったんです。

孝蔵　たとえば、『居残り佐平次』な。

青柳　大好き。

松尾　『子別れ』ね。

初雪　いつも泣いちゃいます。

孝蔵　『つるつる』な。

紫　あの太鼓持ちは健気ね。

松尾　そう、お上のいましめを破ったあたしたちは、とんでもない犯罪人なんですよ。

『佐平次と熊五郎と太鼓持ち一八のマーチ』へ、ジャンプする。

おあしなしで遊び
布団部屋にのこり
朝も昼も夜も

客のためにつくす
居残りの佐平次は
見上げた男
こんな噺　殺すやつは
みんな大馬鹿者

ランプの下で丹念にチラシを読んでいる初代を、三人のお抱えが唄へ誘う。

ある日会ったあの子
あれはたしかわが子
呼んで抱いてなでて
うまいウナギ食わす
子別れの熊五郎
見上げたチャンだ
こんな噺　殺すやつは
みんな大馬鹿者

初代、やっぱり気になって、三番の中ほどで、チラシを読み返す。

一目惚れの芸者
下の部屋で眠る
帯と帯をつなぎ
帯の梯子つるす
つるつる滑りおりる
見上げたタイコ
こんな噺　殺すやつは
みんな大馬鹿者……

歌い納めようとしたとき、

**初代**　……おかしい！

五人、よろける。

初代　おかしい。おかしい。
紫　どうなさったの？
青柳　なにがおかしいの？
初代　おかしい、おかしい。
初雪　（紫と青柳に）おかあさん、どこかおかしくなさったのかしら。
初代　……おかしい、おかしい。
孝蔵　なにがおかしいか知りませんがね、なにも二度も、おかしいって、いうことはないでしょ。
初代　だって、おかしいが二つもあるんですもの。
孝蔵　おかしいが二つ？
松尾　では、一番目のおかしいは、なんです？
初代　禁演落語をやったから戦犯、これがおかしいんです。
松尾　廓噺《くるわ》もお妾《めかけ》ものも演《や》っちゃいけないという政府のいましめ、あたしたちはそいつを破ったんですよ。お上に楯を突いた金箔《きんぱく》つきの罪人《ざいにん》なんです。

孝蔵　(うなづいて) さっさとしょっぴいて日本送りにしてもらいたいな。
初代　でも、師匠たちに廓噺やお妾ものを禁じていたそのお上が戦さに負けたんです。そして、わたしたちがしたことはまちがっていたとお詫びしたんです。だからこそ、落語を禁じていた政府の中から戦犯が出ているわけなんですよ。
孝蔵　(松尾に) 官費で帰る話、なしになっちゃうのかい?
松尾　(情けなく) よくわかりません……。
初代　こう云い直しましょうか。師匠たちは落語を禁じた政府とよく戦いました。
孝蔵　演りたいから演っただけだけどね。
初代　そこがすごいのよ。
孝蔵　……そお?
初代　師匠たちはご自分の筋《すじ》をお通しになった。いわば抵抗の戦士なんですよ。
孝蔵　(松尾に) へんなものになっちゃったな。
松尾　(初代に) 巣鴨へは入れないんですか?
初代　むしろ送り込む方でしょう。
孝蔵・松尾　……?
初代　お二人は誉《ほ》められることはあっても、捕まることはありませんわ。

がっくりきた二人、互いに支え合う。

紫　おかあさん、おかしいの二番目は、なーに？

初代　このチラシをよく読めば、よろこんでいられるはずがない。それなのによろこんでいる。そこがおかしい。（初雪に）最後まで読みましたか？

初雪　師匠たちのお名前を見たとたん、「やった！」と思って、馬車を雇って飛んで帰ってきちゃったの。

初代　読んでいなかったのね。

初雪　（小さくうなづいて）だってうれしかったから……。

初代　このチラシの発行人は、大連市とソ連軍です。一番おしまいにこう書いてありますよ。「大連市役所とソ連邦極東赤軍政治部は、ここに名前を記した文化戦犯の情報を求めている」。このチラシを出したのは、あの政治部なんです。

三人のお抱え、「政治部」と聞いて竦《すく》みあがりながら、

初雪　大連の日本人のお巡りさんを一人のこらずシベリア送りにした、あの……？
初代　その政治部です。
青柳　大連の放送局の局長さんや部長さんをみんなシベリア送りにした、あの……？
紫　大連の日本人の兵隊さんを全員シベリア送りにした、あの……？
初代　みんなこの政治部なんですよ。

孝蔵と松尾は震えあがって、

松尾　すると、あたしたちは……まさか？
孝蔵　あたしたちは、その、あの、ロスケ様になにもしてませんよ。
松尾　中国のみなさんにも、なにもしてませんけど。
初代　（ため息）わたしたちがこの大連、この満洲にいるということ、それだけでもう、なにかしてしまっている。そういうことだったんですね。
孝蔵・松尾　（わからない）……はあ？
初代　とにかく、極東赤軍政治部が師匠たちを見つけたとすれば、たぶんシベリアへ……。
**孝蔵・松尾**　シベリア？　……うわあー！

孝蔵と松尾、震え上がった末に、『泣く子も黙るシベリア送り』を歌う。福助組はハミング。最後の二小節は合唱になる。

**（孝蔵）**　吐く息凍る
寒さの中で
**（松尾）**　スープもパンも
ハガネになる
**（孝蔵）**　むりやりかじる
前歯が欠ける
**（全員）**　泣く子も黙る
シベリア送り
**（松尾）**　落語を語る

たちまち凍る
（孝蔵）だれにもなんにも
聞こえやしない
（松尾）春には解けるが
うるさいだけ
（全員）泣く子も黙る
シベリア送り

歌い納めようとしたとき、かなり近くで、軽機関銃がダダダダダダダ、ダダダダダ！

一瞬、凍りつく六人。だが、すぐ、お抱え三人が裏口へ飛んで行く。

孝蔵と松尾は抱き合って震えているだけ。初代はなにか考えている。

間を置かずに、お抱え三人が時間差をつけて戻ってきては報告、また飛んで行く。これを二回、繰り返す。

青柳　二軒先の稲本さんに、ソ連がデグチャレフを撃ち込んでる。

**初雪**　稲本さんから日本人が二人、引きずり出されました。

**紫**　おかあさん、戦犯狩りですって。隣りの大黒楼のおばさんが、そういってますよ。

**青柳**　ソ連兵のデグチャレフは全部で五挺。

**初雪**　大黒楼さんにもソ連兵が踏み込みました。ここへも来そうね。

**紫**　（ウオッカを持っている）ちょうどよく冷えてる。……あ、隣りの大黒楼のおばさんが引きつけを起こしたよ。

右の間に、初代は茶簞笥から名刺を取り出して、鉛筆で一筆、書きつけ、松尾に渡して、

**初代**　南山《なんざん》のふもとに（客席上手の奥の方角）中野という歯医者さんがある。そこの奥さんとわたしは昔のお抱え仲間、きっとかくまってくれますからね。

二人の震えはまだ止まらず、返事はするが、ただの唸り声。初代、空缶を渡して、

初代　持っていきなさい。邪魔にはなりませんよ。
紫　はい、ウオッカ。これも邪魔にはならない。
初雪　ほとぼりが冷めたらきっと戻ってきて。
青柳　『居残り佐平次』、また聞かせてね。
初代　なにがあっても、ここへ知らせにくるんですよ。（玄関を指して）さあ！

空缶を持った松尾が飛び出し、外套を掴む。と、ウオッカを抱えた孝蔵が土鍋を見て、

孝蔵　うー……。
初代　……これは邪魔になりそうだけど、行火《あんか》代わりにはなりそうね。

紫は茶簞笥から風呂敷を引っぱりだす。初代は座布団の上に土鍋をのせて風呂敷で包み、孝蔵に持たせる。

初代　（鋭く）行きなさい。生きているんですよ。

二人、唸って礼を云いながら、廊下から玄関へ。そして、明るい鈴の音。一瞬、遅れて裏口を乱暴に叩く音。四人の女、祈るような形になって、ソ連兵を待ち、静かに歌い出す。

その唄が「五」になる。

## 五　行方《ゆくかた》知れず

「福助」の四人が『行方知れずになるソング』を歌う。

ふぶき吹く夜《よ》の街を
ただバタバタバタ走る

はなし家さん二人
いつも笑って聞いた
あのバカバカバカばなし
いつまでも忘れない

どうぞご無事でいて
きっと生きていて

やがて落ち着いたとき
かならずお便り
くださいましよ

唄がハミングになる。

「四」でもらった風呂敷をかぶった孝蔵と、「四」の空缶と炭火箸《すみひばし》を持った松尾が、電柱（富くじの当たり番号を書いた手書きの貼紙つき。数字は横書きのアラビア数字）のそばを通りかかる。
松尾は前方に煙草の吸殻を見つけて拾いに行き、孝蔵は貼紙を見て……ハッとなり、胸のポケットからくしゃくしゃになった富くじを取り出し、貼紙の番号と何度も突き合わせ、突然、飛んだり跳ねたりし始める。

**孝蔵**　当たった、当たった。
**松尾**　（近づいて）さっき拾ってたべた餃子《ギョーザ》がよくなかったんだ。あたしはお腹がチクチク……、
**孝蔵**　食物《くいもん》に当たったんじゃねえや。くじに当たったの。（見せて）な、六六九《ろくろくきゅう》番！　一等一万円……！　うわーっ、ウオッカ、買いに行こうよっ。
**松尾**　逆さに見てます。（富くじの上下を逆にする）兄さんが持っているのは、六《ろく》九九番《きゅうきゅう》。
**孝蔵**　……シャレにもならねえな。（破り捨てるが）待てよ。工夫すれば噺の枕の小咄に使えるかもしれないよ。
**松尾**　（感心して）ボロは着てても兄さんは、骨の髄《ずい》からはなし家だ。すごい。
**孝蔵**　……そお？

松尾　でも、たまには吸殻、拾ってくださいよ。吸殻拾いとしては前座もつとまりませんよ。（また吸殻を見つけて）うふふ……。

松尾、吸殻の方へ飛んで行く。孝蔵は、その後を追う。

春の気配の街を
ただトボトボトボトボ歩く
はなし家さん二人
いつもお腹を空かせ
はらペコペコペコペコぐらし
難民のお仲間

どうぞご無事でいて
きっと生きていて

願いむなしく今は

行方知れずの
はなし家さん
願いむなしく今は
行方知れずの
はなし家さん



# 六　火焔太鼓

やや近くからの汽笛の音で明るくなると、「五」から三ヵ月ばかり後、昭和二十一（一九四六）年春の宵。

中国人街の場末の荒屋《あばらや》。

壁も屋根も半ば崩れ落ち、壊れた家具、ゴザやムシロ、腐りかけたボロ切れなどの捨て場——まるでガラクタの古道具屋の店先。その屋根と壁が残っている一隅に小さな焚火。

孝蔵、ブツブツとなにか唱えながら、棒の先で火を掻き立てている。

孝蔵　……「そんな古道具屋ですからな、満足なものはひとつもない。水瓶がありゃァ洩《も》るとかな、行灯《あんどん》がありゃァ破《やぶ》けてるとか、いいものはありゃしません」……。

だれかやって来る気配。孝蔵、焚火を踏み消し、アチチチとなりながら、ガラクタの陰に隠れる。

空缶を下げた松尾、こっちもブツブツとなにか唱えながら入ってくる。

松尾　……「ガラクタ道具屋というものは、まことに汚いもので。こっちには障子の骨の折れたの、そっちには行灯の壊れたのなどが飾ってある」（透かし見て）兄さん……？

孝蔵　……松っちゃん？

松尾　びくびくしなくてもいいんですよ。こんな中国人街の外れのボロ小屋に、だれも来やしませんからね。
孝蔵　それはわかっているけどさ、わかってはいるが……（フッと噺の工夫）「なんか古いものねえかねェ、古いもの。よそにねえようなものがほしいんだ」
松尾　古くはないし、今夜のは、よそにないようなご馳走ですよ。できたての残飯です。

空缶を焚火の近くに置いて、火を吹きおこしながら、

松尾　中国人街（下手奥客席の方角）の食堂のおばさんが、客の食べ残しをすぐこの空缶に入れてくれました。だからまだあったかい。
孝蔵　（覗き込んで指さして）あれは……ひょっとしたら、肉じゃないか。
松尾　（自慢して）チャーシューの切れっぱし。うふふ、こんな大きな切れっぱしを見るのは、ひと月ぶりですよ。
孝蔵　（摘んで口に入れて）うん、うめえや。……松っちゃんはいいな。
松尾　（やはり一口たべて）……？

孝蔵　女に好かれる質《たち》だしさ、そのうえ、こんなしてパチパチッと色目の術が使えるしさ、この色事師。

松尾　べつに術を使ってるわけじゃなくて、なにかくださるまで、粘り強くただジーッと立っているだけですよ。

松尾、雑嚢から出した紙包みを孝蔵に渡しながら、

松尾　日本人難民の収容所になっている朝日小学校ね、あそこの炊き出しで、オカラのおにぎりを一個よけいに手に入れてきました。

孝蔵　また妖《あや》しい術を使ったんだな。

松尾　（照れておでこを叩いて）てへっ。

孝蔵が食べている間に、

松尾　朝日小学校を出たあと、ふっと逢坂町の「福助」へ行きたくなりましてね。

孝蔵　あのへんには近づくなって。ロスケの八丁堀同心が、こんな目ン玉で見張っ

ているんだぞ。

**松尾**　こんなお貰いさん暮らしでは、そのうちに体がまいってしまいますよ。それでこっそり福助さんの都合を聞きに行ったわけです。そしたら逢坂町の入口のところで、大黒楼のおばさんとばったり。「師匠、おひさしぶりだね」「これはどうも」「あのね、ソ連軍は三月いっぱいで引き揚げるそうだよ」「それはそれは」「だからもう、そんなびくびく歩きなさるな」「それで、ソ連兵が引き揚げたあとはどうなりますか」「中国人たちが大連の大家《おおや》さんになるらしいね」……。

**孝蔵**　松っちゃん、福助さんに戻れるんだねっ。うん、あの歯医者んとこを追い出されてから、ろくなことがなかったけど、これで少しは運が向いてきたってわけですな。

**松尾**　それがですね……、

**孝蔵**　あの歯医者もさ、ウオッカを隠したりするからいけないんだよ。そんな邪慳《じゃけん》なことをされると、そうかい、それなら探し出して呑んでやろうって気になるじゃないか。水を入れてごまかしたのは、あたしの落度《おちど》です、はい。

**松尾**　（唸っている）……

**孝蔵**　福助のみなさん、松っちゃんの顔を見てよろこんだでしょ。

松尾　（思い切って）大黒楼のおばさんが云うには、「ソ連兵に乱暴されようとした青柳さんは、むちゃくちゃに暴れて逆らったんだけどね、はずみでデグチャなんとかいう機関銃からタマが飛び出して……亡くなってしまったよ」……。

孝蔵　……なんだって？

松尾　「紫さんは止めに入って重傷、いまも病院にいるしね」

孝蔵　……なんてこった。

松尾　「看病の疲れから、おかあさんも入院なさってね」

孝蔵　（ことばもない）……！

松尾　「初雪さんは、ほかのお抱え置屋に移って、お二人の治療代を稼いでおいでだよ」

孝蔵　……神も仏もねえ話だなあ。

松尾　「去年の八月からこっち、どこもかしこも悪いことばかりだが、福助さんとこみたいに悪いことがつづいた家もめずらしいよ」……。

二人、寸時、焚火を見つめたまま黙り込むが、

**孝蔵**　……明日の朝、どっかそのへんで、うんといい紙を拾ってさ、お見舞いの手紙書こうよ。
**松尾**　（うなづいて）そうしましょう……、
**二人**　……手紙！

二人の体を、はなし家式電気が貫く。

**孝蔵**　「古いものがお望みならば、小野小町が伊豆大島に流された鎮西八郎為朝に送った見舞い状なんかどうでしょう。うちの自慢の品ですがね」
**松尾**　（負けじと）「三蔵法師が天竺から沢庵和尚に送った詫び状がありますが、これは古いですよ。うちが秘蔵する逸品ですよ」

二人、顔を見合わせて、

**孝蔵**　古道具屋の噺だな。
**松尾**　（うなづいて）『火焔太鼓』。

孝蔵　やっぱりな。
松尾　天才少年はなし家なんて囃されてたころ、そう、十四歳のとき、三遊亭遊三《ゆうざ》じいさんから稽古をつけてもらいました。
孝蔵　あたしに稽古をつけてくだすったのも、その初代遊三師匠だよ。この噺にはどっか見どころがあるね。工夫すればいいものになる。それで今、せこい古道具屋の店先にいかにも並んでいそうな、せこい古道具を、あれこれ考えてたとこ。
松尾　あたしも同じことを考えていた！　兄さんと長い二人旅をしているうちに、むやみに短い落し噺がしたくなってしまって。ほら、パパーッと行って、ストンと落とすやつ。
孝蔵　あたしもね、松っちゃんの長い噺を聞いているうちに心を決めたんだ。人情噺のような長いものは、いまのところ松っちゃんに任せて、落し噺を練り上げた方がいいってね。
松尾　すると……おたがいが、おたがいの師匠だったというわけですね。
孝蔵　うん、そういうこったな。それで、松っちゃんの古道具屋の店先には、ほかにどんな、せこい古道具があるんだい。
松尾　牛若丸がしゃぶっていたおしゃぶり。

孝蔵　（負けじと）紫式部が抱き寝したお人形。

ピアノが誘いにくる。

松尾　樋口一葉が使った仕入用の風呂敷！
孝蔵　坂本竜馬と姉さんの乙女《おとめ》の記念写真！

『せこい古道具屋のせこい古道具ソング』へ飛ぶ。

（松尾）　岩見重太郎のはいた草鞋《わらじ》
宮本武蔵が使った鉢巻
春日局が使った雑巾とハタキ
（孝蔵）　大石内蔵助の湯たんぽ
石川五右衛門を茹でた大釜
佐倉惣五郎のおかみさんの足袋《たび》股引《ももひき》

（松尾）近藤勇愛用のドテラ
福沢諭吉が愛用したおまる便器
野口英世博士のよだれかけ
（孝蔵）鼠小僧次郎吉の手拭
平清盛が毎晩使ったしびん
後藤又兵衛の水虫の皮

（二人）めくりが返り
出囃子ひびき
客の拍手で
座布団にすわり
ことばのわかる人たちの前で
思い切り
落語を語りたい！

ピアノが刻むリズムの上で、

松尾　兄さん、生き延びましょうよ。
孝蔵　うん、そうしてえな。
松尾　こんな暮らしから足を洗うんです。
孝蔵　うん、酒も呑めねえしな。
松尾　まず、きちんと食べる。
孝蔵　うん、きざみタクアンの茶漬けをな。
松尾　つぎに、布団の上でゆっくり眠る。
孝蔵　うん、ソバ殻《がら》枕に頭ァのっけてな。
松尾　そして、毎日、お風呂に入る。
孝蔵　うん、銭湯で鼻唄、うなりてえな。
松尾　体を丈夫にして落語をやりましょうよ。
孝蔵　おう、ぜひともそうしてえな。

ふたたび、歌う。

めくりが返り
出囃子ひびき
客の拍手で
座布団にすわり
ことばのわかる人たちの前で
思い切り
落語を語りたい！

元気に歌い納めて、

孝蔵　それで、どうやったら生き延びることができるというんだ、えっ。
松尾　(改まって) エート……
孝蔵　あたしにもできそうなことか？
松尾　できますとも。
孝蔵　どうすりゃいいんだ？
松尾　所帯を持つんです。

孝蔵　だれが？
松尾　あたしたちが、ですよ。
孝蔵　だれと？
松尾　これはと思うご婦人と結婚するんです。
孝蔵　それならもうとっくにしてるよ。いま、日本に置いてきちゃっているけどね。子どもだって四《よ》ったりもいて……（気づいて）松っちゃんだって、かみさんも子どももいるじゃないか。（怒って）なにを寝呆けたことをいってやがる。ばかにしてやがら。
松尾　この大連の男の数は、たいへんに少ない。
孝蔵　それがどうした。
松尾　男一人にご婦人三人といわれるくらい、男が少ない。
孝蔵　（思い中《あた》る）……そういえばそうだ。あたしたち二人の前に現われるのは、いわれてみれば……うん、いつもご婦人ばかりだな。
松尾　それにはわけがあって、去年の四月と七月の二回、関東軍が満洲中の日本人の男衆《おとこしゅう》に動員をかけたんだそうです。「根こそぎ動員」てやつ。
孝蔵　……男を根こそぎにしただと？

松尾　（うなづいて）大連でも、働き盛りの男衆が一人のこらず兵隊にとられてしまった。
孝蔵　まったく関東軍てのは悪いな。
松尾　その兵隊さんたち、こんどは、根こそぎシベリア送り。
孝蔵　（びっくりして）ウワー！
松尾　だれ一人、帰ってこない。
孝蔵　……ウワー。
松尾　それで、大連のご婦人たちとしては、心細くて仕方がない。
孝蔵　たしかに、ロスケはご婦人を見れば鼻息を荒くするし、中国人は目を吊り上げる。
松尾　中国の人たちに恨まれても仕方がない。これまで日本人が勝手放題してたんですからね。だいたい、このごろは街で日本語が通用しなくなりましたよ。聞こえてくるのは中国語ばかりです。そうなるとますます心細い。そこで、日本人で、お家をお持ちのご婦人の間で、期間限定結婚というのが大流行りなんです。
孝蔵　……期間限定？
松尾　（うなづいて）日本への引き揚げがいつになるかわからないが、とにかくその日のくるまでと、はっきり期限を切って、二人で生き延びて行こうというわけです。
孝蔵　なるほど、一人口《ひとりぐち》は食えなくても二人口《ふたりぐち》は食えるってやつだな。
松尾　それもあります。
孝蔵　べつにいえば、助け合いだ。
松尾　それもある。けれども、なによりも、心細くて淋しいって思いと、用心棒がほしいって気持ち、この二つが、そういうご婦人方の御了見《ごりょうけん》なんじゃないでしょうかねえ。
孝蔵　うーん、わかるなあ。
松尾　それで、そういうご婦人と結婚しようというわけ。（ズバッと）兄さん、いかがです？
孝蔵　そんなことを云ったって松っちゃん、その、あれだよ、なんだな、うん、こんちくしょう。（突然、相好を崩して）いいねえ。
松尾　でしょう？

ピアノと、四人の若い母親たちが、さ迷い出てくる。

孝蔵　で、なにか心中《こころあた》りでもあるのかい？
松尾　ウフフ、じつは、これ、この人と、中りをつけたご婦人がおいでになる。
孝蔵　よっ、色事師の隊長……（気づいて）……？

荒れた壁や捨てられたガラクタから現われた四人の若い母親たちが、『若い母親たちの嘆き』を歌う。

なみだうかべて
いってしまった
かわいいあの子の
忘れもの
他人にだかれて
いってしまった
いとしいわが子の
たからもの

これがないと
ねむれないから
ベソをかき
なきつづけて
養い親に
きらわれるから
おわたしください
いますぐに

びっくりして抱き合う二人に、母親たちは、「おしゃぶり」「お人形」「風呂敷」「写真」（それぞれ小さな紙札つき）を差し出す。

**おしゃぶり**　わたしたち、ここから北へ四百里、牡丹江《ぼたんこう》近くの開拓村から逃げてまいりました。

**お人形**　七ヵ月前、ソ連軍が攻め入ってきたとき、村には男手がない。夫たちはみんな、根こそぎ動員で兵隊さんにとられてしまっていたからです。

二人、まだ呆然。

**風呂敷**　ある日、村長さんがお年寄りや女子衆《おなごしゅう》に、「間もなく、ソ連軍が攻めてくる」とおっしゃいました。「ソ連軍からは逃げ切れまい。今夜はうんとご馳走をこしらえて、子どもたちにたべさせなさい。そして、みんないっしょにとてもいいところへ行くんだよといって、ここに用意した青酸カリを飲ませなさい。そのあと、みんなで広場に集まって、日本バンザイを唱えながら自決しよう」

**二人**　（思わず）おやめなさい！

**写真**　（頬笑んで）……その夜、わたしたち四人は、子どもをしっかり抱いて、ありったけのお米を背負って大連をめざしました。

**おしゃぶり**　……大連！

**お人形**　わたしたちが初めて足を踏み入れた満洲大陸の街。

**風呂敷**　大陸の一番南、冬もすごしやすい街。

**写真**　日本人が二十万もいる心強い街。

**四人**　……大連！

**おしゃぶり**　頭を刈り顔に泥を塗って男姿になって、
**お人形**　指輪や腕時計や万年筆を売って、
**風呂敷**　怖い中国人に鍬や鎌で脅されて、
**写真**　親切な中国人の荷馬車に乗せてもらって、
**おしゃぶり**　七ヵ月かかって、大連の入口の復県《ふっけん》に着きました。
**松尾**　……よかった。
**孝蔵**　ごくろうさま。
**おしゃぶり**　でも復県から先には入れません。
**お人形**　夜を待って、封鎖線を突破……。
**四人**　ダダダダダダ……
**孝蔵**　デグチャなんとかだ。
**松尾**　それで……？
**風呂敷**　四人ともお腹を……！
**写真**　吹き出す血を手拭で抑え、励まし合って、ここへ辿り着いたのがその明くる
　朝……。
**おしゃぶり**　でも、もういけません。

**お人形**　心残りは子ども……。
**風呂敷**　ここまできて、子どもたちを死なせてはなんにもならない。
**写真**　通りかかった中国の方がたに、子どもをお預けいたしました。それで安心して死にました。

孝蔵・松尾、顔を見合わせる。

**おしゃぶり**　でも、おしゃぶりを渡し忘れていたことに気がつきました。
**お人形**　このお人形さんなしでは、あの子は眠れません。
**風呂敷**　この風呂敷がないと、一晩中むずかっています。
**写真**　これは親子三人の記念写真。これがあれば、いつかあの子も日本へ帰れるかもしれません。(紙札を示して) 子どもを預かってくださった方の住所とお名前が書いてあります。お渡しねがいます。
**四人**　おねがいです。

二人、こわごわ受け取る。四人、心から頬笑んで、

なみだうかべて
いってしまった
かわいいあの子の
忘れもの……

**孝蔵**　ちょっと待った！
**松尾**　そう、聞きたいことがあります。
**四人**　……？
**松尾**　どうしてあたしたちなんです？
**孝蔵**　うん、それが聞きたい。
**写真**　だって、さっき、おっしゃっていたじゃありませんか。
**孝蔵・松尾**　……？
**おしゃぶり**　牛若丸のおしゃぶり。
**お人形**　紫式部のお人形。
**風呂敷**　樋口一葉の風呂敷。

写真　坂本竜馬姉弟の記念写真。
孝蔵　（松尾に）あのガラクタ道具がいけなかったらしいぜ。
松尾　（うなづいて）あのガラクタ道具が、みなさんを呼び込んでしまったみたいですよ。
写真　この世界にガラクタなんて一つもありませんよ。どんなものであれ。
四人　みんな大事な宝物《たからもの》。

四人、歌ううちに消える。

なみだうかべて
いってしまった
かわいいあの子の
忘れもの
他人にだかれて
いってしまった
いとしいわが子の

たからもの
これがないと
ねむれないから
ベソをかき
なきつづけて
養い親に
きらわれるから
おわたしください
いますぐに

若い母親たちは消える。二人は渡された「宝物」を、しばらくじっと見ているが、

**孝蔵**　……そうか。『火焔太鼓』の、あの古道具屋の主人には、店に並べてあるガラクタは、みんな宝物なんだな。

**松尾**　（膝を叩いて、うなづき）いまはたしかにガラクタのように見えはするが、

前の持ち主には大事なものだったにちがいない。またこれから買われて行く先でも、大事なものになるはず。いってみれば、あの古道具屋の主人は、宝物の仲介人なんですよ。おかみさんに頭の上がらない、だめな亭主として演《や》ってはいけないんだ。

孝蔵　（うなづいて）いますぐ、そういう『火焔太鼓』に練り上げてみるよ。こりゃァ噺に深みが出るぜ。

松尾　その間に、あたしはちょいと……。

孝蔵　どこへ行くんだ？

松尾　中りをつけておいたご婦人のところ。朝日小学校へ炊き出しのお手伝いにきている小唄のお師匠さんが、あたしにはいつもお握りを一つ、余計に下さるんですよ。住所も聞き出してある。

孝蔵　手付けに口づけの一つも打ってこようというのか。

松尾　てへっ。ついでに、兄さんの相方《あいかた》も中ってきますよ。

孝蔵　明日にしなよ。

松尾　こういうことは夜にかぎります。

孝蔵　大連の夜は物騒なんだぜ。

**松尾**　子どもたちに大事な宝物を届けるためにも、一刻も早く暮らしを立てなおして、体を丈夫にしなきゃいけませんからね。

松尾、すたすたと去る。

**孝蔵**　へんな理屈をつけて……。よう、女殺しィ、罪作りィ……！

孝蔵、仕方がないので、そのへんに正座をして、口の中でブツブツ噺を始める。……と、四人の母親の心配そうな顔が、あちこちに現われる。

**孝蔵**　（その気配を感じて）……わかってますって。きっと届けてあげるから。ねっ、安心して成仏しなさいよ。

なおも、噺の工夫をつづける。

# 第二幕

七　孝蔵出帆《しゅっぱん》

「六」から四ヵ月あとの昭和二十一（一九四六）年七月。暑い盛りの午後遅く。

繁華街の「委託販売喫茶《いたくはんばい》コロンバン」。

上手奥の入口から入ってすぐに、魔法瓶と茶碗がのっているカウンター。カウンターの背後は一面の棚。販売を委託された諸道具、衣服、書画骨董などが詰め込まれている。

店内に木の丸いテーブルが二卓、それに付属する椅子はすべて木の丸椅子。また、店のいたるところに、委託品の品目を書いたビラが貼り出されている。

正面やや下手寄りにトイレットのドア。

カウンターの横の木の丸椅子で、弥生《やよい》という大連高女の四年生が舐めるようにして本を読みながら店番をしている。近眼用メガネ。肩から女学生用の通学布地鞄《ぬのじ》を下げている。

孝蔵が入ってくる。
雑巾と化した国民帽、昆布を何枚もぶら下げたようにささらに裂けた国民服、縄で縛って脱げないようにした靴、ゴミの塊のような雑嚢など、よれよれの格好。
孝蔵、紙切れを取り出して、

**孝蔵**　……（読む）「明日午後四時、羽衣座《はごろもざ》向いの委託販売喫茶コロンバン」……
コロンバンてえのは、ここかい。

弥生　（本から目を離さずに、うなづく）……。
孝蔵　お茶、ちょうだい。

店内を見回しながらテーブル（中央手前）に坐る。以下、弥生は基本的に本から目を離さない。

弥生　前金《まえきん》でおねがいします。
孝蔵　いま、連れがくる。連れが払うよ。
弥生　そういって呑み逃げする人が多い。
孝蔵　そんなツンケンしてちゃお嫁に行けねえぞ。
弥生　その気はありません。
孝蔵　（ムッとなるが、抑えて）……委託販売ってのは、なにかい、青空市場や道ばたで立ち売りでモノを売るのが恥ずかしいから、こういうところへモノを預けて売ってもらうって仕組みの、なにのことかい。
弥生　わかっているんなら、聞かないで。本を読む邪魔です。
孝蔵　また、えらそうに。目ェ悪くするぞ。

弥生　もう悪いんです。
孝蔵　ああ云えばこう云うだな。いったいなに読んでんの？
弥生　漱石全集。
孝蔵　えらい！
弥生　（見る）……。
孝蔵　……なんだか知らないけど、えらい。

松尾がくる。カンカン帽、白麻の背広上下、白ワイシャツに蝶ネクタイ、コンビの靴、そして茶色の革カバン（いずれも中古）。これまでとは別人のモダンな格好。

松尾　（弥生に）やあ。ゆうべ、おかあさんが楽屋に見えて、「お預かりしていたお三味線と竪縞《たてじま》のお召と八端《はったん》の帯に買い手がつきましたよ」とおっしゃっていた。なにか聞いてない？

孝蔵、松尾を見て、目を丸くしている。

弥生　七千円で買い手がついて、二千円は手数料としてうちがいただきましたって。

弥生、あいかわらず本から目を離さずに、鞄から封筒を出して、松尾の方に突き出す。

松尾　（封筒の中をのぞいて）たしかに。お茶のお代を二人分。（一円札を二枚、手に握らせて）もう一人、見えるからね。

別のテーブルに坐ろうとする松尾に、孝蔵、おずおずと声をかける。

孝蔵　もしかして……？

松尾　……？

数瞬、たがいに相手を眺め回す。

松尾　兄《あに》さん！
孝蔵　やっぱり松っちゃんか。
松尾　しばらく見ないうちに……、
孝蔵　……ずいぶん会わなかったなあ。

二人、抱き合う。

松尾　水くさいな、兄さんは。だって週に一度は、あたしとの連絡をたやさないように、羽衣座の楽屋口に顔を出してくださっているんだから、そのままあたしの楽屋へ通ってくださればいいのに。ふかしたお芋だの茹《ゆ》でたトウモロコシだの、差し入れもけっこうあるんですよ。
孝蔵　（突然、突き放して）壁土《かべつち》よりも厚く白粉《おしろい》塗って派手に道を踏み外したやつの顔を、だれが見たいと思うものか。
松尾　それであたしを避けていた……？
孝蔵　そうよ。はなし家と役者とは、また別個《べっこ》のものなんだ。
松尾　芝居の勉強は、やがてあたしの噺にきっと生きてきます。でも、あたしは、兄さんはてっきりあのことを気にしているんだと思ってましたよ。

**孝蔵**　……あのこと？

**松尾**　ほら、うちのないの友だちの常磐津《ときわず》のお師匠さん、あのちょいといける年増とお見合いみたいのをやったことがあったでしょう。兄さんはあのお師匠さんが持ってきた一升瓶に目がくらみ、一人で抱え込んでへべれけになり、お相手のことなどすっかり忘れてしまって、それで愛想《あいそ》をつかされてた。それが恥ずかしくて、顔を見せたくないのだと思ってました。

右の間に、弥生が二人にお茶を注ぐ。もちろん左手に持った本を終始、読みながら。

**孝蔵**　ふん、あれが年増ですかね。ちらっと見たら二十二三、近づいて見ると三十二三、よくよく見ると四十二三、年を聞いたら五十すぎだって云いやがった。いくら期限が限られているといったって、お化けと所帯を持つのはマッピラだね。それで破談になるように、うんと酔ってやったんだ。

**松尾**　ちょっとしたお金持ちだったんですがねえ。（気づいて、ポケットから紙切れを出して）これは先週、兄さんが楽屋番のじいさんに預けていった手紙ですが、（読む）「密航船が決まった。五千円たのむ」……ほんとうに乗るおつもりなんですね。

**孝蔵**　（うなづいて）木造だが、八十トンもあって、帆とエンジンで三日で九州に着けるっていうんだ。どっちかがダメになってもどっちかで走るというんだから心強いやね。八月九月になると海が荒れるから、もう船は出ねえといってた。松っちゃん、これが大トリの密航船なんだよ。

**松尾**　来年には引き揚げが始まるという噂がありますよ。

**孝蔵**　もう待てねえ、体中に日本語が貯まるだけ貯まっちまって、そいつらがぐるぐる渦を巻いて出口を探しているんだ。ほら、こんなして体が揺れてるだろう。あたし、もう破裂するよ。

**松尾**　（理解して封筒を差し出す）どうぞ。

**孝蔵**　（押し戴いて）ありがと。その代わりといっちゃなんだが……（雑嚢からボロボロの速記本を出して）これ、松っちゃんにあげる。あたしァこの本をそっくりアタマの中に入れ込んじゃった。

**松尾**　（受け取って）『三代目柳家小さん落語全集』……？

このとき、弥生がキッと顔を上げる。

**孝蔵**　(うなづいて)　たしかに落し噺を考え出した鹿野武左衛門《しかのぶざえもん》てえお人はえらいよ。人情噺や怪談噺を案じ出した円朝大師匠もえらい。けど、あたしゃァね、その三代目の小さんくらいえらいはなし家はいないと、そう思っているのよ。

**松尾**　あたしも同じです。なにしろいまの落語の型をこさえあげたのは、この三代目小さんなんですからな。

**弥生**　(手にした本の或る頁を読み上げる)　「三代目小さんは天才である。」

**二人**　……?

**弥生**　(二人に)　夏目漱石先生が、ここにそう書いています。

**二人**　(口々に「ソーセキ?」)　……?

**弥生**　「小さんのような芸術家はめったに出るものじゃない。」

**二人**　(口々に「芸術家?」)　……?

**弥生**　「小さんと同じ時代に生きているわれわれはたいへんな仕合せである。」

**二人**　(口々に「仕合せ?」)　……?

弥生　「小さんの噺を文字にすれば、それはそのまま小説の文体になる。」
二人　（口々に「ブンタイ？」）……？
弥生　二葉亭四迷は円朝の落語を聞いて、言文一致体を発明しました。これは日本文学史の常識ね。
二人　（口々に「ジョーシキ？」）……？
弥生　そしてわたしの漱石先生は、三代目小さんの噺をもとに、新しい小説の文体をつくり出した。そう、日本の小説の文章のもとをつくったのは落語家なんだわ。
孝蔵　えらい！
弥生　（キッと見る）……！
孝蔵　……なんだか知らないけど、みんなえらい。

弥生、初めてにっこりして、『三代目ソング』を歌う。途中から二人も加わる。

（弥生）　三代目　三代目
三代目の小さんさん

三代目がことばをひらく
漱石さんがそれを学ぶ
（二人）　三代目　三代目
（三人）　何十年かむかし
こんな変わった人がいた
ことばを用いて笑わせたい
ことばの力でワッハハハ
ことばでみんなを仕合せに
そんな変わった人がいた
だけど世間の人たちは
たったひとこと　ふんバカな
（二人）　三代目　三代目
（弥生）　ちょうど同じころに
もひとり変わった人がいた

ことばを用いて人間を
ことばの力で人生を
ことばで深く究めよう
そんな変わった人がいた
だけど世間の人たちは
たったひとこと　ふんバカな
(二人)　三代目と漱石さん

(三人)　だけどいまでは当たり前
(二人)　落語でこころのお洗濯
(弥生)　小説、読んでは考える
(三人)　むかしの人が見たならば
たったひとこと
「まいりましたよ、お二人さん」

三代目　三代目

三代目の小さんさん
三代目がことばをひらき
漱石さんがそれを学ぶ

歌い終わると、弥生はまた読書に専念する。
松尾、自分のカンカン帽を孝蔵にかぶせ、代わりに孝蔵の国民帽をかぶる。

松尾　お餞別のつもりですよ。兄さんの国民帽、あまりにひどすぎる。
孝蔵　すまないねえ。

その目が松尾の上着に釘づけになる。

松尾　偶然なんですがね、いまのなにの旦那の背格好があたしと同じらしいんですよ。
孝蔵　(じっと上着を見ている)……。
松尾　わかりましたよ、もう。

孝蔵　すまないねえ。

二人、上着を脱いで交換する。孝蔵の台衿ワイシャツもささらに裂けている。

孝蔵　(ささらの一枚を摘み上げ) どう思う?

松尾　(半ばヤケ) あすこで交換しましょう。

孝蔵　すまないねえ。

二人、トイレットに入る。

入れ替わるように、女教師の山田 (白ブラウス、もんぺ、ズック靴) が入ってくる。

山田　お願いしておいた兜だけど……(棚を見て) まだ、買い手がついてないのね。

弥生　これからもつかないと思います。

山田　弥生さんは読書家ね。

弥生　いま文学史の秘密を解いています。

山田　……兜は持って帰ろうかしら。

弥生　先生のご自由に。

　　山田が棚から兜を持ち出したところへ、女教師の森（白ブラウス、もんぺ、ズック靴）がくる。手にアルミの弁当箱を持っている。

森　山田先生、重大なお話があります。（弥生に）場所を借りますよ。

弥生　どうぞ、森先生。

山田　ちょっと……それ、わたしの弁当箱じゃないの。

森　生徒から密告がありました。それで、大連市日本人教員組合書記の権限で鞄を開けさせてもらいました。

山田　……ひどい！

森　今日のお昼、先生は白いご飯を食べていらっしゃいましたね。証拠は、（パッと蓋を取って）ほら、白いご飯粒が二粒、弁当の隅にこびりついています。生徒たちの弁当は、トウモロコシの粉《こな》を焼いたものとか、蒸かし芋とか、みんな代用食です。そこでわれわれ組合は、教師も学校に白いご飯を持ってこないことに決めています。白いご飯のお弁当、これは組合にたいする裏切りです。

**山田**　その密告はずいぶん不正確ね。わたしのクラスに、おばあさんと二人で暮らしている子がいる。そのおばあさんが、死ぬ前に一口でいいから白いご飯がたべたいといっているという。それで、その子に半分、分けてあげた。これが白いご飯を学校に持ってきた理由ですよ。

**森**　申し開きは査問会でなさってください。

**山田**　……査問会？

**森**　（うなづいて）本部までお供します。

**山田**　……イヌね。

**森**　イヌ？

**山田**　この大連の実権をいま、共産党系の中国人が握っている。そこで日本人の中には向こうに擦り寄って、向こうの援助で組合を作り、点数を稼ぐためにあちこち嗅ぎ回っている人がいる。そういう人間のことを、世間ではイヌというんですよ。

**森**　働く者の権利を守ろうとして立ち上がった人間をイヌ呼ばわりしていいんでし

ょうか。

山田　去年の八月まで、日本は尊い神の国エイエイオーと叫びながら、長刀《なぎなた》を振り回していた方がいましたっけね。あなたでしょ。

森　人は変わります。

山田　変わりすぎです！　……そうねえ、わたしも組合本部に密告しようかな。ついこないだまで軍国主義で凝《こ》り固まっていた長刀教師を組合書記にしていていいんですかって。

森　イヌ！

山田　イヌ！

少し前から今野教頭（着物に袴、足元は革靴、メガネ）がきていて、

今野　おやめくださいませ。

二人　（口々に「あ、教頭先生」）……。

今野　森先生のただならぬ血相が気になって追ってまいりましたら、やはり案の定でございましたね。日本人同士で密告し合ったり、足のひっぱり合いをするのは、

もういい加減、よしにしようではございませんか。それこそ「豆は釜の中で泣く」という中国の格言通りになってしまいます。「豆は釜の中で泣く」……おわかりでございましょう?

**二人**　(わからない)……?

**弥生**　(パッと顔を上げて) 豆と豆幹《まめがら》はもともとは一つで、兄弟のようなもの。けれどもいまは、たがいたがい別れ別れになり、豆幹は釜の下で燃やされ、その熱で釜の中では豆が泣きながら煮えて行く。同胞同士が争う悲しみをいう。教頭先生の漢文の授業で習いました (読書に戻る)。

**今野**　よくできましたね、弥生さん。(二人に) ね、そういうわけでございますから、引き揚げのその日のくるまでたがいに仲よく助け合おうではございませんか。

トイレットのドアが勢いよく開き、すっかり洒落男になった孝蔵と、無惨なルンペン姿の松尾が出てくる。

**孝蔵**　たくさん餞別もらっちゃって、ありがとうよ。また元気で会おうな。

**松尾**　兄さんもご無事で。いや、そこまで送って行きましょう。

孝蔵　（女教師たちに）どお？

身形《みなり》を見せびらかしながら出て行く。

松尾もそのあとを追って去る。

びっくりして抱き合い、呆然としている三人の女教師たち。

今野　……まあ、昼日中《ひるひなか》から、あんなところで……！

言葉に窮した教頭先生は唄を歌う。

その唄が、次の「八」になる。

## 八　祈り

「七」から三ヵ月後の秋の夕暮れ

「五」と同じ、電柱のある街角。
電柱には富くじの当たり番号を書いた紙が貼ってある。

**（教頭）** 閉ざされた街で
だれもが狂う
こころとからだが
歪み出す

山田・森両先生も反省しながら加わる。

**（三人）** 閉ざされた街で
ことばも狂う
表と裏とが
別になる

弥生も加わる。

（四人）　告げ口
陰口
悪口
羽振りきかす口
口車の街

のせて
くどいて
だまして
回り回る舌
二枚舌の街

どうか　神様
ことばを　まっすぐ
使える世界に

戻してください

ことばが
正しく　すなおに
届くふるさとへ
帰らせてください

大連高女の師弟のハミングの間に、ヒゲぼうぼうの孝蔵（「七」のワイシャツと靴、そして半ズボン）が来て、電柱の下の煙草の吸殻を拾う。貼紙に気づいて、ポケットを探り、くじ券を取り出して、番号を確かめる。さらに券を逆さにして確かめもするが「外れ」。

そこへ松尾（中折れ帽に背広）が通りかかる。芝居の台本を手に台詞を覚えている。孝蔵、松尾とは気づかず、煙草の火を借りようとして手を上げる。

松尾、マッチを出し、ポイと放って行ってしまう。受け取った孝蔵、ハッと気づいて、追い掛けようとするが、思い止まる。そして、思いを込めて見送って……電柱から立ち去る。
大連高女の師弟の祈りの唄が繰り返される。歌詞は同じ。

告げ口
陰口
悪口
羽振りきかす口
口車の街

のせて
くどいて
だまして
回り回る舌
二枚舌の街

どうか　神様
ことばを　まっすぐ
使える世界に
戻してください

ことばが
正しく　すなおに
届くふるさとへ
帰らせてください

# 九　再会

「八」から二ヵ月ほどたった昭和二十一（一九四六）年初冬の、小春日和のある午後。陽はまだ高い。

大連市内にあるカトリック系女子修道院の屋上の物干し場。

上手奥に屋上への出口（階下は洗濯場）、下手手前に、洗濯挟み、ロープ、ロープを支える木製支柱などを入れておく小屋。

洗濯物がたくさん干してあるが、中でも目立つのは、中央を仕切るように干してある大きな二枚の白い敷布《シーツ》。

階段を駆け上がる足音がして、松尾がやってくる。「八」と同じ身形。息を切らせて、洗濯物の間をあちこち潜り抜けながら、

**松尾**　……兄《あに》さん！　孝蔵さん！　美濃部さん！　五代目！　志ん生師匠！（それでも見つからないので）……最初の芸名が朝太《ちょうた》だったはなし家さん！　芸名を十六回も変えた落語家さん！　なめくじ長屋の住人だったお人！

**孝蔵**　ちょっと。いろいろ並べてひとを惑わしちゃいけないよ。どの名前のときにハーイって出ていいか、わかんなくなっちゃったじゃないか。

小屋から出てきた孝蔵、キリスト風の不精ヒゲを生やし、体にボロ敷布を巻きつけている。足元は藁草履。

**松尾**　……よかった！　間に合って、ほんとうによかった。

ほっとした松尾、思わず孝蔵の前に膝まづいて拝んでしまう。そして、その想いが唄（『この顔』）になって溢れ出る。

**（松尾）**　ゆうべも夢に見た
無茶で無邪気なこの顔
いま、目の前にすると
ことばもギクシャク

（孝蔵も加わって）

りっぱに息をして
バカにけなげなこの顔
どんな宝ものより
値打ちのある顔

（孝蔵）たまには夢に見た
まとも真面目なこの顔
いま、目の前にすると
ことばもドガチャカ

（二人）りっぱに息をして
バカに陽気なこの顔
どんな宝ものより
値打ちのある顔

歌い終わった松尾、膝まづいた姿勢に戻り、両手を組合せて、

松尾　神よ、感謝いたします。

このとき、出口から見習修道女（マルガリタ）が籠を抱えて出てくるが、この光景を見て、雷にでも打たれたようになり、十字を切って膝まづき、それから身を翻して、出口へ飛んで去る。

孝蔵　なんですか、そのうす気味の悪い言い方と身のこなしは。
松尾　今月の羽衣座は、セーキスピア原作、マルコ・ポーロ脚色の『ベニスの商人』てえ赤毛芝居でね、このひと月のあいだ、あたしは外国人なんです。
孝蔵　落語に外国人が出てくるか。ばかだねえ。
松尾　（さすがに怒る）「遺言！」と聞かされたんですよ！　（移り替えで一気に）さっき楽屋で顔をこしらえていると、楽屋番のおじいさんがやってきて、「志ん生師匠が、大連にいます」「そんなバカな。孝蔵さんは密航船でこっそり帰国してますよ」「でも、今日のお昼に、えびす町のなんとかいう修道院の前で行き倒れになっておいでで、あなたに遺言があると、おっしゃってます」「遺言ですって？」「へえ」「だれがそんなことを」「そのなんとかいう修道院からお使いが見えて、そう言《こと》づけて行きました」……けれども来てみれば、兄さんは無事だった。ホッとすれば、身振りも大きくなりますよ。だいたいそんなにピンピンしていて、なにが遺言ですか。

右の間に、孝蔵は小屋から丸椅子を二脚、ひっぱり出して、自分も腰をおろし、松尾にもすすめる。

**孝蔵** まあ、お坐りよ。……じつはね、ここの炊き出しが大連で一番うまいと聞いて、昼前《ひるまえ》から行列に並んでいたんだよ。すると、そのうちに、どこからともなく、ホワーンと、滅法うまそうないい匂いがしてきて、そのとたん体がフラフラッ……そのときだよ、ア、これは大連名物の行き倒れってやつだなと閃いたのは。それで、気を失いながら、「羽衣座の松っちゃんに、ひとこと云いのこしたことがある」って呟いていたらしいんだね。

**松尾** （孝蔵の気持ちをありがたく思いながら）……そのうまそうな匂いですが、いったいなんだったんです。

**孝蔵**　それが豚汁《トンじる》だったのよ。
**松尾**　空きッ腹には毒でしたね。
**孝蔵**　（うなづいてから）気がつくと、この小屋でブドー酒をいただいていました。ひと口、口に含むたびにググッと元気が出て、そこへもう一つ、うまい豚汁をいただいたりしたものだから、いまや気分は鬼ヶ島へ出かける前の桃太郎、体ってのは正直なもんだね。
**松尾**　炊き出しが豚汁とは豪勢だな。……それで、ここはなんなんです。
**孝蔵**　（十字を切って見せて）こういうところ。
**松尾**　（やはり十字を切って）こういうところ？
**孝蔵**　日本のご婦人たちが（十字を切って）こっちの方の尼さんになって、洗濯屋をしておいでだ。ここの言い方では、「修道女」だそうだけどね。
**松尾**　尼さんの洗濯屋さんですか。
**孝蔵**　（うなづいて）ロスケや中国人のお偉いさんの洗濯物を引き受けて、それで稼いだお金を炊き出しに回しているんだってさ。ふたこと目には神様を持ち出すのには閉口するが、落語の枕でよく使うやつでいえば、親切の国から親切を広めにきたようなご婦人たちですよ。ここはもう親切株式会社の本社。

松尾　そうかなあ。こんな吹きっさらしの屋上に置いとくなんて、むしろ冷たいんじゃないのかなあ。

孝蔵　あたしと話すときは、ここのご婦人たちはかならず一間《いっけん》以上の間合《まあ》いを取る。どうしてだかわかりますか。

松尾　どうしてです？

孝蔵　あたしが男だからです。みなさん、男を断《た》ってらっしゃる。だから一つ屋根の下に男を寝かすなんてとんでもねえことなんだ。となると、この屋上に置いとくしかないじゃないか。

松尾　……男断《おとこだ》ち？

孝蔵　そう。なにもかも芸者とあべこべ、そう思えばいいんだよ。ここのご婦人方は、体もことばもまっすぐで、「それで、あなたはどうなさりたいのですか」とこうだが、芸者はまるで逆だからね。「ねえ、あたしをどうしたいっていうのよン……」とこう鼻にかかって、体もくねくねの「くの字」になる。「ねえ、あたしをどうする気ィ……」なんてな。

松尾、すっと立って、屋上を歩きはじめる。

松尾　兄さんも冷たい。いや、水くさい。
孝蔵　どうした？
松尾　こんなことになる前に、羽衣座を訪ねてきてくだされればいいんだ。
孝蔵　行けるわけがない。
松尾　なぜですか。
孝蔵　五千円も融通つけてもらったんだよ。おまけに身ぐるみ剝いでお餞別にもらっといて……「エヘヘへ松っちゃん、詐欺にあいました」なんて会いに行けるか。どの面《つら》さげてってやつだよ。
松尾　……やはり詐欺でしたか。
孝蔵　みごとに引っかかっちゃったねえ。一時間も走ったところ、エンジンの具合がおかしい、近くの島で修理しますと、うまく云いくるめられて島に下ろされ、それっきり置き去りだよ。こっちがバカで向こうが利口といえばそれまでだが、まったく人をバカにした話よ。
松尾　悪い口車に乗ってしまったんですな。
孝蔵　（うなづいて）密航船で帰るてえのは、やっぱり塗り箸でそばを食うよりも、いや、らくだが針の穴を通るよりもむずかしいかもしれないな。

さきほどのマルガリタが、同じ見習修道女のベルナデッタを連れて出て、洗濯物を取り込むふりをしながら、二人のやりとりに聞き耳を立てている。

**松尾** それで、いまの住まいは？

**孝蔵** 難民収容所の泊り歩き。

**松尾** そうやすやすと泊めてくれますか。

**孝蔵** 門を叩くんだよ、しつこくね。するとたいていは門を開いてくれる。ただ……（手足の甲や胸のあたりを掻きむしって）どこにも南京虫の軍隊がいやがって、あれには往生するけどね。

**松尾** 食事はどうしているんです？

**孝蔵** あちこちの炊き出しの食べ歩き。

**松尾** いやな顔をされるでしょう。

**孝蔵** やっぱりしつこく、くれくれくれくれと求めつづけるのがコツよ。そうすればなんかしらお与えくださるね。

松尾　（思わず）かわいそうになあ。
孝蔵　（偉そうに）ひとはパンだけで生きるのではない。
松尾　……？
孝蔵　収容所での耳学問。そのうちにすっかり空きっ腹ともお馴染みさんになっちゃって、食いもんのことを考えるヒマに芸を工夫するようになった。じつにこの大連は、はなし家の道場ですな。
松尾　えらい！
孝蔵　……そお？
松尾　さすがです。もちろんあたしもそのつもりでやっていますが……。
孝蔵　いや、こんどばかりはあたしも悟ったよ。これまでは、なにもかもカミサンに任せて、あとは成り行きのまま生きてきたんだがね、こんど初めて自分で密航なんてことを起こした。これまでの成り行きまかせの生き方に逆らったわけだ。こんなふうになったのは、そのバチが当たったんだよ。（ぶるぶると身ぶるいして）松っちゃん、行くかい。
松尾　（うなづいて）ちょっと冷えてきましたね。

二人は奥の出口に消える。

**マルガリタ**　……なにもかもカミサマに任せて、あとは成り行きのままに生きる！

ベルナデッタさん、聞きました？

**ベルナデッタ**　（震えながら）……ひとはパンだけで生きるわけではないというおことばも。それから……、

**マルガリタ**　らくだが針の穴を通るよりむずかしい！

**ベルナデッタ**　求めよ、そうすれば与えられる。

**マルガリタ**　門を叩け、そうすれば開かれる。

**ベルナデッタ**　みんな、聖書の中のおことば！

**二人**　（感極まって）……ああ！

二人、膝まづいて祈って、

**マルガリタ**　いまだからいいます。わたしは、あの方が炊き出しの行列にお並びになっているのを目にしたときから、「もしや？」と思っていました。お姿が御御《おみ》

堂《どう》の十字架のあのお方と生き写しでしたからね。

**ベルナデッタ**　わたしも、あの方のお手足を見たとき、ハッとしました。十字架におかかりになったときの釘の痕がはっきりと見えたからです。

**二人**　……ああ！

**ベルナデッタ**　それで、訪ねてこられた方は、どなたでしょうか（見当はついている）……。

**マルガリタ**　お弟子のうちのどなたかが、一足先に現われて下ごしらえを……まさか（自分でもびっくりして）ペトロさま！

**ベルナデッタ**　ちがいます。

**マルガリタ**　……？

**ベルナデッタ**　あのお方は、お弟子さんを、「マッチャン」と呼んでいらっしゃいました。（すらすらと）十二人のお弟子さんは、ペトロ、アンデレ、ヤコブ、ヨハネ、フィリポ、バルトロマイ……そして、マタイさま。

**マルガリタ**　七番弟子のマタイさま？

**ベルナデッタ**　ええ！

**二人**　……ああ！

二人は『涙の谷から』を歌う。

今朝もつらい夜が明ける
小鳥たちも歌わない
涙の谷の朝です
お救いください
谷間から　いますぐに

昼も暗く陽も見えぬ
花のつぼみも開かない
涙の谷の昼です
お救いください
谷間から　います……

教育担当のオルテンシア主任修道女が、パンパンと手を打ちながらやってくる。

**オルテンシア**　賛美歌、大いにけっこうですよ。でも、洗濯物を取り込んでからになさいね。（見回して）あれ、行き倒れのおじさんはどこ？

二人、声が出ないので、「行き倒れのおじさんなんてとんでもない」という身振り。

**オルテンシア**　おじさん、お帰りになったみたいね。

**マルガリタ**　（やっと）オルテンシア先生、おじさんとおっしゃったりすると、地獄に堕《お》ちます。

**ベルナデッタ**　（やっと）あのおじさんは……いえ、あの方は、来たるべきお方です。

**オルテンシア**　……来たるべきお方？

**二人**　はい！

**オルテンシア**　お名前は？

**マルガリタ**　そんな、おそれ多い……、

**ベルナデッタ**　口が曲がってしまいます。

**オルテンシア**　（ちょっと改まって）マルガリタさんにベルナデッタさん。わたしは孤児院のときから、あなた方のお世話をしてきました。そしていつも感心していました。なによりもイエズス様を信じる心が篤《あつ》い。

二人が「そのイエズス様が、あの方です」と身振り。それを制して、

**オルテンシア**　そして、お二人はじつによく働く。この洗濯物にしても、あなた方が一手に引き受けて、しかもその仕上がりのよさ美しさ。腕ききの中国人洗濯屋さんもかないません。その上、わたしの聖書の講義にも熱心で、院長様もこのあいだ、あなた方を見習いから正式の修道女に昇格させてあげたいとおっしゃっておいででした。

二人、「あの方」のことを一瞬、忘れて、手を握り合ってよろこぶ。

**オルテンシア**　まことにあなた方は、見習修道女の鑑《かがみ》、この修道院の宝物《たからもの》です。でも、ときどき、なにを言っているのかわからないときがありますね。

二人、身もだえして、「あの方」のことを云おうとする。

**オルテンシア**　いまこの修道院が追い詰められていることは知っていますね。三日前、アメリカ総本部から、市内のメリノール教会を通して退去命令が届きました。「アカの街大連では布教活動は不可能。来週火曜、アメリカ軍潜水艦が大連港に入るのを許されたので、すべてを投げうって引き上げるように」。

**二人**　（うなづく）……。

**オルテンシア**　上には従うという従順の誓いを立てた以上は、総本部の命令に従わなくてはなりません。でも、院長先生は、「難儀をしている人たちのための炊き出しを、今やめるわけには行かない」とお考えで、今も院長室で悩んでおいでです。そのような大事なときに、わけのわからないことを云っていてはいけません。（すらすらと）新約聖書、聖パウロからテモテに宛てた手紙。「無駄話を避けなさい。無駄話のことばは悪い腫物のように広がるからです」。わかりましたね。それでは、洗濯物を取り込みましょう。

二人、顔を見合わせ、意を決して、

**マルガリタ**　先生、世界は乱れています。

**オルテンシア**　（うなづいて）とりわけこの大連はね。戦さなんかするから、こんなことになるんですよ。

**ベルナデッタ**　先生、おしまいのときが来ています。

**オルテンシア**　たしかにそんな気がするときもあります。……でもなぜ、急にそんな話を持ち出してきたの？

**マルガリタ**　このあいだの聖書のお講義で、先生はこうおっしゃいました。「救い主がお現われになるとしたら、この混乱した大連なども有力な候補地でしょうね」って。

**オルテンシア**　（うなづいて）新約聖書のマルコ伝第十三章にもあるように、「太陽が暗くなり、星が空から落ち、海が荒れ狂うとき、神の子イエズスは力と光を帯びて雲に乗って現われる」……そう、光り輝く雲に乗ってお現われになるんです。

**マルガリタ**　でも、ボロを着てお現われになりました。
**オルテンシア**　……はい？
**ベルナデッタ**　行き倒れのおじさんの姿でお現われになりました。お弟子のマタイ様もお見えです。
**オルテンシア**　ハハーン、二人で夢を見たのね。

二人、「ちがう」と身振りするが、

**オルテンシア**　わたしも、ゆうべ、夢を見ました。イエズス様がここへおいでになって、「オルテンシア、おまえはほんとうに聖書に詳しいんだね。ご褒美に聖書には書かれていない、わたしの経歴を聞かせてあげよう」とおっしゃったのです。「今夜は冷えます。お話をうかがう前にストーブを……」とお答えして薪《まき》をくべたら、煙が目に入って……目がさめました。残念です。火などをおこす前に、お話をうかがっておくべきでした。でも、夢は夜のもの、昼に見ていてはいけませんね。夢の話はこれでおしまい、洗濯物を取り込みましょうね。
**マルガリタ**　夢ではありません。

**ベルナデッタ**　ほんとうなんです。

二人が奇妙なほど熱心に訴えるので耳を傾け始めたとき、孝蔵と松尾が笑いながら戻ってきて、

**孝蔵**　……オベンチャラいうんじゃなくて、いまの小咄は四つとも、どれも使えます って、ほんとよ。勉強してたんだな。

**松尾**　あるとき、ふっと、兄さんのことばを思い出しましてね、ほら、「落語は小咄から始まった。つまり小咄がいくつもかたまったのが落語なんだよ」ってやつ。それからは、日に三つは、こさえてますよ。さ、こんどは兄さんが四つ並べる番だ。

敷布の別の側では、

**オルテンシア**　お迎えの方が、あのお方の前に膝まづいていた？　……すべてを神様に任せる？　……お手足に釘の痕？　……口になさるのは聖書のことばばか

り？　まさか……！
**孝蔵**　お酒の好きな人が、夢ン中で酒を一升ひろった。……
　　オルテンシアたち、敷布に近づいて聞き耳を立てる。
**孝蔵**　たいそう喜んでな、火をおこして湯を沸かし、燗《かん》をしようと思ったら目ェさまして、「ああ、冷酒《ひや》で飲んどきゃよかった」。
**松尾**　『親子酒』の枕にぴったりだ。
　　思案する孝蔵と待つ松尾。
　　敷布のオルテンシア側では、
**オルテンシア**　新約聖書のマタイ伝第二十七章。「人は夢で苦しめられる」……！
**ベルナデッタ**　ね、先生、あの方は、あのように、いつも聖書のことばをお口になさいます。
**オルテンシア**　（呆然）……わたしの夢を読み当ててくださった。なんという感応《かんのう》力《りょく》をお持ちなのでしょう！

**二人**　（口々に）カンノーリョク？

**オルテンシア**　すべてを、わがことのように感じ取る力のこと！

**孝蔵**　子宝に恵まれますようにと、願をかけたお百姓夫婦、願かけが効いて、三ツ子の男の子を授かった。それで縁起をかつぎ、それぞれに「うれし」「よろこべ」「めでたや」という名前をつけた。三人ともすくすくと育ったが、さてある日のこと、親父さんがにわかに亡くなってしまった。めでたやは畑仕事をしている兄弟たちに知らせに走って、「おーい、うれし、よろこべ、父ちゃんが死んだ」。兄弟たちが聞き返した。「めでたや、父ちゃんが死んだのか」。わかりやすいようでいてむずかしいことばてえものがあるようで……。

**松尾**　『寿限無《じゅげむ》』の枕になりますね。

思案する孝蔵と待つ松尾。

敷布のオルテンシア側では、

**オルテンシア**　新約聖書の聖パウロからコロサイ人へ宛てた手紙。「ことばはすべてわかりやすくしなさい」……！

**マルガリタ**　先生が、感応力なんてむずかしいことばを使うから、あの方は怒ってらっしゃいます。

**オルテンシア**　（思わず膝まづいて）……おお、ゆうべの夢は正夢でした！

**孝蔵**　熊公と八公が、日本で一番遠いところは尾張《おわり》だ、いや蝦夷《エゾ》だと、口喧嘩をしていた。そこへ物もらいがやってきて銭《ぜに》をねだる。一文投げてやったら、物もらいが、「おありがとうございます」と礼をいったので、尾張が遠いと言い張っていた熊公が勝ったというんですから、バカな話もあったもので……。

**松尾**　長屋ものならなんにでも使えます。

敷布のオルテンシア側では、オルテンシアが苦しんでいる。

**ベルナデッタ**　先生、いまのたとえばなしは、聖書のどのへんに出ているのでしょうか。

**オルテンシア**　（打ちひしがれて）……わかりません。わたしの学問はまだまだ……いいえ、（敷布の向こうへ）わたくしは無知そのものでございます。

孝蔵　腰が低いというかなんというか、自分についてはなにごとにも「お粗末なもので」という男が客を迎えた。その客が庭から夜空を見て、「ほう、まことによい月で……」というと、男が「いえ、ほんのお粗末な月でございまして」……なにごとにも、ほどというものが大事ですな。

松尾　なんの噺の枕なんですか。

孝蔵　たいていの噺にはまっちゃうよ。

オルテンシアが両手を合わせ、感動に打ち震えて、

オルテンシア　新約聖書、聖パウロからコロサイ人に宛てた手紙、「偽りの謙遜は、ただ思い上がっているだけなのです」……！　ああ、来たるべきお方よ、じきじきにお教えくださいまして、ありがとうございます。（二人に）どうしましたか！

二人　……はい？

オルテンシア　立っていてはいけません。膝まづきなさい！

二人　はい。

**オルテンシア**　そして、祈りを捧げるのです。
**二人**　はい！

オルテンシア、マルガリタ、ベルナデッタの三修道女、『涙の谷から』を歌う。

今朝もつらい夜が明ける
小鳥たちも歌わない
涙の谷の朝です
お救いください
谷間から　いますぐに

右の歌声に、孝蔵と松尾が敷布から顔を出し、奥の入口からはテレジア院長が現われて、「ほう、やっていますね」という表情で唄に加わる。孝蔵と松尾も、繰り返しのところを歌う。

昼も暗く陽も見えぬ
花のつぼみも開かない
涙の谷の昼です
お救いください
谷間から　いますぐに

夜も低く雲の波
星の光も届かない
涙の谷の夜です
お救いください
谷間から　いますぐに

歌い終わるとすぐ、

**院長**　（孝蔵に）すっかり元気になりましたね。（松尾を見て）お友だちも迎えにみえた。（二人に）よかったですね。

**オルテンシア**　（飛んできて）院長様、おことばにお心《こころ》なさいまし。
**院長**　……？
院長は、オルテンシアに、少し離れたところへ連れて行かれて、耳もとで報告を受ける。
「救い主」を放ってはおけないので、マルガリタとベルナデッタが、おそるおそる孝蔵と松尾に近づき、
**マルガリタ**　（ガチガチ）……とくに、わたしたちのところをお選びくださいまして、ありがとうございます。
**ベルナデッタ**　（やはりガチガチ）わたしたちのところで、よく行き倒れてくださいました。
**孝蔵**　たまたまですよ。
**マルガリタ**　そのたまたまが尊いのでございます。
**ベルナデッタ**　ご身分をお隠しになるのは、たいへんでございましょうね。
**孝蔵**　（松尾に）なんか隠してた？

**松尾**　（首をひねって）隠すほどのものはありませんよ。

目顔でうなづき合っていたマルガリタとベルナデッタは、謹んで進み出て、

**マルガリタ**　わたしどもの目は節穴《ふしあな》ではございません。……（思い切って孝蔵の耳もとへ）なにかわけがあってのことと存じますが、おそれながら、わたしどもから申しあげます。

**ベルナデッタ**　（松尾の耳もとへ）お許しくださいまし。

**院長**　……あの方の前で、お迎えの方が膝まづいていた？

**松尾**　尊敬する先輩にしばらくぶりに会って、なつかしかったんですよ。

同時に進行する二組の「ひそひそ」が、なぜか同調する。

**院長**　……たとえやことばが、ことごとく聖書にもとづいている？

**孝蔵**　口まかせで喋っていただけだけどね。

**院長**　……お手足に釘の痕？

**孝蔵**　南京虫に刺されてかゆくて掻いた傷なの。
**院長**　……ゆうべ見た夢は正夢？
**孝蔵**　ひとさまの夢なぞ知るかてんですよ。
**松尾**　あたしがお弟子？
**孝蔵**　（びっくりして）あたしが救い主？
**院長**　（唖然として）……あの方が救い主？

三人、それぞれ仰天する。

**孝蔵**　世界を救えったって、そこまでは手がまわらねえなあ。
**マルガリタ**　ご謙遜を。
**ベルナデッタ**　雲に乗っていらっしゃったんですね。
**孝蔵**　孫悟空じゃないからね、あたしは。でも、口車には乗ったことがあるか。
**二人**　（よくわからない）……？
**孝蔵**　それで、その救い主ってどういう人なの？
**マルガリタ**　（ベルナデッタに）聖書の知識をお試《ため》しになっておいでですよ。

ベルナデッタ　（うなづいて）えーと、あなた様は……、

オルテンシアが、まだ唖然としたままの院長をほったらかして飛んでくる。

オルテンシア　失礼があってはなりませんよ！

孝蔵と松尾に向かい、うやうやしく、

オルテンシア　よくご存じでございましょうが、御母君《おんははぎみ》、聖母マリア様は処女のまま、あなた様をお生みあそばしました。

孝蔵　そりゃなんかのまちがいだ。（松尾に）な。

松尾　役所の戸籍係がなにかへまをしたんじゃないんですか。

オルテンシア　（劇《はげ》しく）わたくしをお試しになっては、いやでございます。

二人　……！

オルテンシア　やがて、御教《みおし》えをひろめるためにお弟子さんをお連れになって、旅にお出になりました。

**孝蔵**　あ、弟子はいます。(松尾に) な。
**松尾**　(うなづいて) 置いてきちゃいましたけどね。
**オルテンシア**　たくさんの奇蹟をなさいました。たとえば、七つのパンで四千人の人びとをいっぺんにお養《やしな》いになりました。
**孝蔵**　二百人をいっぺんに笑わせたことだってある。(松尾に) おもしろそうだな。なっちゃおうか。どうせ今、ヒマだしさ。
**松尾**　(うなづいて) 経験ですよ、なにごとも。
**孝蔵**　(オルテンシアに) それから、あたくしは、どういたしましたか?

瞬間的にキリストになる。

**オルテンシア**　わたくしども貧しい者、弱い者をお救いになるために、十字架にお架かりあそばしました。
**孝蔵**　十字架……?
**オルテンシア**　はい。お手足に釘を打たれて十字架にかけられ、両方の脇腹を槍でグサリと突かれて息絶えられたのでございます。

遠くで轟く雷。

**孝蔵**　うわー！

院長、ついにたまりかねて怒鳴る。

**院長**　あなた方はいったい何者ですか。

修道女三人組、一瞬、ポカンとするが、

**オルテンシア**　神様を怒鳴りつけたりなさらないで。
**マルガリタ**　みんな、地獄に堕ちてしまいます。
**ベルナデッタ**　みんなで、天国へ行きたいのです。
**院長**　（制してはなし家組に）わたしたちの心と命の糧《かて》の大切な尊いお方をこれ以上、侮辱するようなら許しませんよ。

**孝蔵**　……怒ったところがまたかわいい。
**院長**　（ピシリ）何者ですか。
**孝蔵**　（圧されて、松尾に）受付け交代。
**松尾**　……はなし家です。
**院長**　はなし家？
**松尾**　師匠から弟子へ弟子からそのまた弟子へ、口から口へと口伝《くちづた》えで受けつがれてきた噺をしゃべる者のことです。新しく噺をこしらえてしゃべる者もおります。
**院長**　……お話をなさる人、ですか？
**松尾**　その通りです。
**マルガリタ**　ウソ……でしょう？
**ベルナデッタ**　信じ……ません。
**オルテンシア**　（ほとんど絶望して）……もしそうなら、わたしたちはいったいなにを見て、なにを聞いていたのでしょうか。
**孝蔵**　（いちおう慰めて）気を落としちゃいけない、ねっ。見ているのに見えない、聞いているのにわからないってことは、よくあるんだよ。
**オルテンシア**　（ふたたび戦慄して）新約聖書ルカ伝第八章！　（院長に訴えて）

「彼らは、見ても見えず、聞いても理解できない」……。

院長はすべてを理解し、修道女たちを招き寄せると、大きくゆったりと抱き締める。

**院長**　……真夜中から五時間、休みなく祈りを捧げ、お日さまが空にあるあいだは身を粉《こ》にしてはたらき、荒れ果てた荒野のようなこの街に小さくとも希望の光をともそうとして、食べものはすべて炊き出しに回して、自分たちは塩と水とコーリャン粥の貧しい食事。そして、どんなにつらくても炊き出しをつづけるのだと覚悟を決めたところへ総本部からの引き上げ命令。……あれやこれやで、あなた方はこころもからだも疲れ切っている。むろん、このわたくしもそうですけれどね。でも、こんなときなんですよ、疲れた体と弱った心が救い主を求めてしまうのは……。

**三人**　（院長を仰ぎ見る）……！

**院長**　疲れ果ててみんなが救い主を待ち望むとき、きまって偽《にせ》の救い主が現われます。

孝蔵と松尾、なんとなく居心地が悪くなる。

**院長**　そして、その偽者を救い主に担ぎあげてしまう。ひどい世の中に向かって、妙に勇ましいことをいう者や、妙にりっぱな理想を掲げる者は、たいてい偽者です。

**オルテンシア**　（静かにうなづいてから）新約聖書マタイ伝第七章。「偽の救世主を警戒せよ」。

**院長**　（うなづいて）これからも気をつけましょうね。

院長、三人をまた抱き締めてから、

**院長**　改めておたずねしますよ。そのはなし家というものをもう少しわかりやすくいうと、どうなりますか。

**孝蔵**　うん、シャレの寄り集まったものが落語てえもので、そいつをしゃべってお足《あし》をいただくんですな。

院長　落語、というと？

孝蔵　このォ、形があるようでないような、ないようであるようなものですな。

院長　空気、のようなものですか。

孝蔵　空気でも蒸気でもないン。そう、落し話ですよ。高いトコにモノを上げといて、これをバタンと落とす、それがサゲです。

院長　話を落とす？

孝蔵　そう、バタンとね。

院長　すると、だれがそれを拾うのですか。

孝蔵　……！　（松尾に）受付け代わってくれ。

松尾、一呼吸、考えてから、

松尾　さっきの唄に出てきた「涙の谷」ですが、あれは「この世」ということですね。

院長　（うなづいて）この世にあるものはすべていつかは滅んで行く。これがこの世のたった一つの鉄則ですね。この、いつかはかならず滅んで行くという鉄則の中に、もうすでに、苦しみや悲しみ、災難や別れといった涙の種が入っているのです。

**オルテンシア**　（静かな注釈）新約聖書ヨハネ伝第十六章。「イエズスはいわれた。『あなたたち人間にはいつも苦難がある』」

**院長**　（うなづいて）ですから、生きている者はいつも涙を流しています。それで、この世のことを「涙の谷」というのですよ。

**松尾**　苦しみや悲しみは、放っておいても生まれてくる？

**院長**　（うなづいて）だから、生きると、つらいは、同じ意味なのです。

**松尾**　その鉄則には笑いが入っていない？

**院長**　もともとこの世には備わっていないのですよ。

**松尾**　ところが、それをこしらえている者がいるんですよ。

**院長**　……はい？

**松尾**　この世にないならつくりましょう、あたしたちは人間だぞという証《あか》しにね。その仕事をしているのが、じつは、あたしたちはなし家なんです。

**孝蔵**　（感心して）いよォ勉強したんだな。

**松尾**　（院長に）はなし家が何者か、少しはおわかりになりましたか。

院長　笑いをつくりだして、どうするのですか。
松尾　たとえば、貧乏を笑いのめしてステキな貧乏にかえちまう。
院長　……ステキな貧乏？
松尾　悲しいことをステキな悲しさにかえちまう。
孝蔵　災難であれ、厄介ごとであれ、なんでも、ワア、ステキーって見ちゃうわけね。
院長　（考えている）……。
松尾　この世が涙の谷なら、どうせ災難がつづけざまに襲いかかってくるんでしょう。それならその災難を、ステキだなと思って乗り越えちまうんですよ。
孝蔵　あたしたちなんぞは、人が死んでも、シャレをいいますからねっ。友だちの葬式に行くと、後家さんになった奥さんが薄化粧かなんかしてきれいに見えるから、うん後家はいい、後家は好きだ、おいらのカカアも早く後家にしよう、なんてな。
院長
三修道女　（シーンとしている）……。
孝蔵　……ダメだ、こりゃ。おそろしくシャレの通じないところだぞ、ここは。

松尾、ふと思いついて、ふところから例の『三代目柳家小さん落語全集』（もうボロボロ）を取り出して、院長にさし出す。

**松尾**　これをお読みになるといいや。落語がどういうものか、おおよその見当がつきます。

**孝蔵**　それ、あたしのだ。

**松尾**　それをあたしがいただいて、ぜんぶこの頭の中に入れました。こんどは院長様の番です。

**院長**　……はい？

**松尾**　こちらには「聖書」という大事な書物があるみたいだ。それならこれがあたしたちの聖書です。

受けとった院長、おそるおそる頁をめくる。三修道女も寄ってきて、覗き込む。

**松尾**　（頁のその箇所を指さして）話の頭にはたいていシャレや小咄がつくことになっています。これを枕といいますがね。

**マルガリタ**　……シャレ？

**ベルナデッタ**　……小咄？

**オルテンシア**　……枕？

**孝蔵**　しょうがねえな。幼稚園でもやらねえような幼稚なのをやってあげるよ。「土瓶が洩ってるよ」「ああ、そこに気がつきませんでした」

院長と三修道女、ずいぶん長い間、シーンとしている。が、突然、爆発したように笑い出す。孝蔵と松尾、びっくりして、

**孝蔵**　これまで、こういうもので笑ったことがないのかね。

**松尾**　なかったみたいですよ。

エサを待つ雛鳥のように、二人を見つめている四人。

**孝蔵**　「裏の空き地に囲いができたよ」「へえー」
　　前よりは早く受けて、大喜び。
**孝蔵**　「雷てえものはむやみにそのへんにおっこちるから、こわいんだぜ」「なるほど」
　　前よりもっと早く受ける。
**孝蔵**　こんどは小学の低学年向きのやつ。「元日に坊さんが二人、すれちがって、これがほんとうの、和尚がツー」
　　瞬間的に受ける。
**孝蔵**　どんどん手が上がってくるよ。あんた方、筋がいいよっ。
**松尾**　（腕時計を見て）おっと、あと三十分であたしの出番だ。兄さん、しばらく羽衣座の楽屋に潜んでいるというのはどうです。そのうちなにかいい手立てを見つけます。

**孝蔵** すまねえな。

院長が『小さん全集』を読み上げ始める。耳をすませて聞く三修道女。

**院長** (なぜか移り替えで)「おじいさん、年をとると、どんなことがおこるんだい」「四つのことがおこるね。まず、ものを忘れる」「ふうん、それであと三つは?」「うーん、忘れた」

笑いころげる四人。院長はその笑いを声にしていう。

**院長** 炊き出しはつづけましょう、難民の方が最後の一人になるまで、ステキな苦労をしてみましょうね。

**三人** (まだ笑いながら、口々に)はい。

笑っているうちに、四人の目が孝蔵と松尾に行く。

**孝蔵**　こんど来るときは、ちゃんとした落し噺を聞かせてあげるよ。
**松尾**　（修道女たちに会釈をするうちに、思い出して）あっ、そうだ。兄さんの遺言、いったいなんだったんです？
**孝蔵**　（ちょっと考えて）……忘れたよ。
**松尾**　なんだ、ばかばかしい。

二人、手を振りながら去る。
それを四人は、「救世主」を見るように見送る。その中から、

今朝もつらい夜が明ける
小鳥たちも歌わない
涙の谷の朝です
お救いください
谷間から　いますぐに

昼も暗く陽も見えぬ
花のつぼみも開かない
涙の谷の昼です
お救いください
谷間から　いますぐに

夜も低く雲の波
星の光も届かない
涙の谷の夜です
お救いください
谷間から　いますぐに

けれどもグチはもうたくさん
人の助けをかりながら
涙の谷をひたすらに

生きて行きます
谷間から　これからは

# 十　エピローグ

昭和二十二（一九四七）年一月下旬のある朝。

大連港引揚者用特設待合所前の小広場片隅。電柱が一本。

風呂敷包み（お握り四個）を持った松尾（いつもの背広に中古の外套）がやってきて、反対方向を透かして見る。

**松尾**　兄さん、引揚者待合所の向こうに船が入ってますよ。
やはり中古の国民帽に国民服の孝蔵が、松尾の指す方を透かし見しながらやってくる。足元は紺足袋に下駄。背中にボロボロの布製リュックサック。

**孝蔵** 密航船はヤだよ。怪しい船だったら、回れ右して羽衣座の楽屋へ戻っちゃう。

**松尾** (なおも見て)……「長運丸」。全体に錆が浮いて茶色になっているが、日本の貨物船だ。れっきとした引揚船ですよ。

**孝蔵** 冗談いったんだよ。

松尾、苦が笑いして風呂敷包みを渡す。

**松尾** うちのないにお握りをこさえさせました。邪魔にはなりませんよ。

**孝蔵** (ふっと)……邪魔にはならないか。「福助」のおかあさんによろしくな。

**松尾** (うなづいて)毎日、病院へ見舞いに通います。だいぶ具合がいいようだから、二ヵ月後の三月には、紫さんや初雪さんといっしょに船に乗れるかもしれない。あたしもそのころになります。うちの者たちによろしくいっといてください。

**孝蔵** いっしょに帰れたらいいんだがな。

**松尾** (苦笑)なにと話をつけるのに、ちょいと時間がかかりそうで……うふふ、成り行きに逆らって所帯なんかもったツケです。
孝蔵　困ってるときに後先《あとさき》見ずに突ッ拍子もねえことをやるのが人間だ。しょうがないよ。
松尾　……ふしぎだ。
孝蔵　どうした？
松尾　あれほど遠かった日本が、お上の考え一つで、こんなに近くなるなんて、おかしいと思いませんか。兄さんのその下駄、明後日《あさって》には日本の土を踏んでいるんですよ。
孝蔵　貧乏人じゃない連中のお考えなんか知りたくもねえや。おっと、受付けが始まったな。……（松尾の肩にしっかりと手を乗せて）松っちゃんには脈がある。
松尾　……脈？
孝蔵　お天道様はムダには光ってないよ。そのうちバカに花の咲くときがありそうだ。
松尾　……！
孝蔵　もっとも、あたしの予想はいつも当たらないけどな。そいじゃな。

行きかけて、ふと、電柱の貼紙に目が行き、胸のポケットから富くじ券を取り出して調べる。

**松尾**　あ、兄さん、この大連で起こったことは、二人だけの話にしてくださいよ。

**孝蔵**　（調べながら）話したところで、だれが本気にするもんか。あんまりいろんなことがありすぎて……ありゃ当たってる！

**松尾**　（覗き込んで）……三等！　ソ連軍軍票《ぐんぴょう》で二千円分ですよ。

四人の女性引揚者（モンペに下駄、背にリュック、手に荷物）がやってきて、二人のうしろを通って行く。

**孝蔵**　へん、ロスケの軍票なんかに用はねえや。これ、いまも男を断っているご婦人たちの炊き出しに寄付しといてくんな。

**松尾**　（受け取りながら）たしかに。

ここで二人は動かなくなる。四人の女性引揚者が二人を振り返り、同時に動かなくなる。

そこへ幕が下りてくる。

あとがきに代えて

禁演落語とは、正確には、別の言い方をすれば、情報量をうんと多くして説明すると、〈昭和十六年、折りからの戦時色にふさわしくない演題は遠慮した方がいいと考えた落語関係者たちが、浅草本法寺に「はなし塚」なるものを建て、そこへ葬るという形をとった五十三種の演目をいう。うち三十一種が廓ばなしだった。当局側も、「時局に合わせようというのはまことに殊勝な心がけである。国家としても、その五十三種の演目が高座にかからぬように目を光らせていることにしよう」と、取り締まることになった。〉となるだろう。

けれども、舞台でこんなことをくどくど説明しているわけには行かない。説明している間、舞台に流れるその芝居特有の劇的時間が止まってしまうからだ。そこで、そのことを口にする登場人物の性格や立場で、〈これはやってはいけませんと、お上が決めた落語が五十三、ある。〉と情報を削り、劇的時間の流れを保持しようとする。これが戯曲の文体なのだ。

この禁演五十三種のなかに、『子別れ』という名作がある。これも情報量を多くすると、〈『子別れ』は上、中、下の三部に分かれていて、禁演と決められたのは女郎買いを扱った上の部である。〉となるが、こんなことを芝居の中で説明していたのでは、時間が止まり、それまで築き上げてきた文体のリズムが狂う。そこで、〈『子別れ』も、その五十三種のうちの一つ〉と短くする。情報を削るのが劇作家の大事な仕事なのである。

ところが、新聞記事の文体と戯曲の文体の区別もできずに、「作者は『子別れ』が上中下に分かれていることも知らずに書いている。その一事から見ても、この芝居はだめだ」と評した新聞劇評があった。〔冗談は止したまえ。そんなことも知らずに落語の芝居が、志ん生を主人公にした戯曲が書けるものか。演劇を知らずに劇評を手がけるという恐ろしいことが幅を利かしているのは、ばかばかしいことである。

主な参考資料

「三代目柳家小さん落語全集」（いろは書房、大正二年）
「桂才賀改めさん馬落語全集」（三芳屋書店、大正八年）
「五代目古今亭志ん生全集」（弘文出版、昭和五十二年）
「圓生全集」（青蛙房、昭和三十五年）
「口演速記明治大正落語集成」（講談社、昭和五十五年）
立川談志「新釈落語噺　その2」（中公文庫、平成十四年）
雑誌「落語界」（深川書房）全冊
雑誌「落語」（弘文出版）全冊
「古今東西落語家事典」（平凡社、平成元年）

公演記録

こまつ座第七十五回公演・紀伊國屋書店提携

『円生と志ん生』

作　井上ひさし
演出　鵜山仁
出演
　美濃部孝蔵　角野卓造
山崎松尾　辻萬長
テレジア院長ほか　久世星佳
オルテンシアほか　神野三鈴
マルガリタほか　宮地雅子
ベルナデッタほか　ひらたよーこ
演奏　朴勝哲
音楽　宇野誠一郎
美術　石井強司

照明　服部基
音響　秦大介
衣裳　黒須はな子
振付　西祐子
演出助手　城田美樹
舞台監督　増田裕幸
宣伝美術　和田誠
制作　井上都・高林真一・瀬川芳一

二〇〇五年二月五日〜二七日　新宿・紀伊國屋ホール
三月三日　鎌倉芸術館大ホール
三月五日、六日　川西町フレンドリープラザ

装丁　和田誠
初出　『すばる』二〇〇五年四月号

著者　井上《いのうえ》ひさし

円生《えんしょう》と志《し》ん生《しょう》

2005年8月10日　第1刷発行
2020年5月12日　第4刷発行

発行者　徳永真

発行所　株式会社 集英社
〒101-8050　東京都千代田区一ツ橋2-5-10
電話　編集部(03)3230-6100
販売部(03)3230-6393(書店専用)
読者係(03)3230-6080

印刷所　大日本印刷株式会社
製本所　加藤製本株式会社


Printed in Japan
ISBN978-4-08-774765-2 C0093